Hakan Bıçakcı

Schlaftrunken

Hakan Bıçakcı

Schlaftrunken

Roman

Aus dem Türkischen
von Arzu Altuğ

Dağyeli

Zur Aussprache der türkischen Eigennamen:

c: stimmhaftes dsch
ç: stimmloses tsch
ğ: vokalverlängernder Auslaut
h: am Silbenende behaucht statt vokalverlängernd
ı: dunkles, nahe am e gesprochenes i
j: stimmhaftes sch
ş: stimmloses sch

Erster Teil

Zweiter Teil

Dritter Teil

Die Übersetzung wurde vom Deutschen Übersetzerfonds
im Rahmen des Programms »Neustart Kultur«
der Beauftragten der Bundesregierung
für Kultur und Medien gefördert.

Deutscher Übersetzerfonds NEU START KULTUR Die Beauftragte der Bundesregierung für Kultur und Medien

Hakan Bıçakcı:
Schlaftrunken
Originaltitel: Uyku Sersimi
Iletişim Yayınları, 2017, 2019

Deutsche Erstausgabe 2023

www.dagyeli.com

Lektorat: Sebile Yapıcı
Konzeption und Gestaltung: Mario Pschera
Gesetzt aus der Coco Gothic Pro Alt
Autorenfoto: © Kalem Agency
Druck: Mazowieckie Centrum Poligrafii
Printed in EU
ISBN 978-3-935597-66-1

Erster Teil

Seine Augen waren geschlossen, als hätte er keine. Auf seinem Gesicht lag ein halb friedlicher, halb angespannter Ausdruck. Den Körper hatte er in alle Richtungen ausgestreckt: Einen Arm hier, ein Bein dort. Es war eine ganz gewöhnliche Schlafszene und zugleich ein verstörend wilder, beunruhigender Anblick.

Der Raum ist nur bruchstückhaft beleuchtet vom grellen Licht, das versucht, durch den dicken Vorhang zu dringen. Als wäre es gleichzeitig Tag und Nacht. Weder Uhrzeit noch Jahreszeit sind zu erkennen. Auf dem Nachttisch liegt ein tiefschwarzes Telefon. Dessen Alarm wird in Kürze losgehen. Vor ein paar Jahren auf Raten gekauft. Weil es ihm gefallen hatte, nachdem er alle Modelle studiert und die Preise verglichen hatte. Es sind zwei völlig getrennte Welten: die Traumwelt, die gleich von der bizarren Melodie des Telefons mit dem winzigen Riss im Display unterbrochen wird und die Welt, in der solche Telefone verkauft werden. Zwei vollkommen voneinander getrennte Orte, die der Alarm in wenigen Minuten mit einem Höllenlärm hastig zusammenführen wird.

1. Happy End

Und jene unter uns, deren Gesichter
Wir so lange vermisst!

Rıfat Ilgaz: İçelim
[Trinken wir]

Ich erwachte mit dem Gefühl, spät dran zu sein. Im Gästezimmer meiner Mutter. Panisch tastete ich nach dem Telefon auf der Kopfseite. Nur die Ruhe. Dem Wecker fehlten noch ein paar Minuten zum Alarm. Ich machte ihn aus, bevor er klingeln konnte. Ich wollte zurück in den Schlaf. Mit halb geschlossenen Augen beobachtete ich eine Weile den dicken Vorhang, der, obwohl bis in die letzte Falte lichtdurchflutet, sich weigerte, den Tag hineinzulassen. Dann fiel mir das Treffen ein. Ich durfte mich nicht verspäten. Aufstehen, Gesicht waschen, mich leise anziehen, das Haus verlassen, dabei meine Mutter nicht wecken, frische Pogatschen kaufen, zur Metrostation laufen, die Barrieren passieren, auf die Bahn warten. All das war eine einzige Qual. Was, wenn ich mich plötzlich in der Metro befände? Fertig angezogen und schon gefrühstückt. Die Trägheit warf mit Schlafklumpen nach mir, drückte mich tiefer ins bequeme Bett des Gästezimmers. Wäre ich gestern Nacht nach Hause gegangen, statt bei meiner Mutter zu übernachten, hätte ich eine halbe Stunde länger schlafen können. Meine Bequemlichkeit von gestern rächte sich nun. Wieder hatte ich zu wenig geschlafen, musste aber aufstehen. Wenn ich den ersten Schritt aus dem Bett schaffte, käme der Rest von selbst. Ich raffte mich auf.

Die Bahn verlangsamte das Tempo, bevor sie hielt. Aus dem Pechschwarz des Tunnels tauchten wir in das ultraviolette Licht der Haltestelle ein. Immer langsamer werdend, liefen wir in die Station ein, vorbei an wartenden Menschen. Es sah so aus, als liefen sie an uns vorbei. Wie Geisterhorden, die in das Dunkel des Tunnels flogen. Die Gesichter der Wartenden sahen wie blassrosa Fleischmassen aus. Ihre matten Blicke, die man vage erkennen konnte, wurden deutlicher, als die Bahn langsamer fuhr. Als sie hielt, klebte wie eine Ohrfeige ein präziser Ausdruck auf ihren Gesichtern. Nur ein einziger Ausdruck fehlte: der meinige, den ich da noch nicht sehen konnte. Die Tür ging auf.

Die Rolltreppe war kaputt. Ich stieg die reglosen Metallstufen hoch, die aussahen, als würden sie sich jeden Moment in Bewegung setzen. Als befände sich ein Magnet direkt über meinem Kopf. Draußen weckte mich die dreckige Luft, die meine Lungen füllte. Sofort bekam auch mein Gesichtsausdruck klare Konturen. Es war ein normaler Ausdruck zum Spazierengehen, passend zur Jahreszeit. Ich nahm den Ausgang İstiklâl-Straße auf Höhe Tünel und lief aufwärts in Richtung Galatasaray. Es war einer dieser unsympathischen Tage, an denen es außer mir niemand eilig hatte. Ohne mich und meine nervige Hast würde es der Welt besser gehen. Die Luft war unerträglich drückend. Eine »Teufelshitze«, wie meine Oma väterlicherseits es nennt. Ich schlängelte mich durch die schwerfälligen Menschen und ging weiter.

Zu Beginn der Straße, in der sich der Verlag befand, stand eine Gruppe Polizisten mit ihren riesigen Schutzschilden. Junge Leute, die gefüllte Muscheln vom gelb-schwarzen Verkaufsstand am Straßenrand kauften und mit Zitrone beträufelten, warfen die glänzenden Schalen in den Plastikmülleimer zu Füßen der Polizisten. Es war viel zu früh. Sowohl für Polizeiansammlungen wie auch für gefüllte Muscheln. Da die Straße von den Polizisten versperrt war, musste ich weiter geradeaus. Ich musste einen Umweg machen und bog in die nächste Straße ein, die ich noch nie genommen hatte. In den

extrem engen, sich genau gleichenden Gassen verirrte ich mich.
Ich lief eine Schleife, von der ich annahm, sie würde zum Verlag führen, kam aber ganz woanders raus. Ich drehte um, nahm einen anderen Weg. Wieder falsch. Mich in dem Viertel zu verirren, in dem ich mein Leben verbracht hatte, regte mich früh am Morgen mächtig auf. So als würde ich mich in meiner Wohnung verlaufen. Mich nach dem Weg zu erkundigen, ging gegen die Ehre. Andererseits rückte die Besprechung immer näher. Nach weiteren erfolglosen Manövern fragte ich den Gemüsehändler.

Ich kam schweißgebadet und genervt beim Verlag an. Mein Nacken war steif. Die Frau, die immer, wenn ich sie sah, beschäftigt und ruhelos war, empfing mich. Ich kannte ihren Namen nicht. Stets stand der Ehrgeiz in ihrem Gesicht und überschattete ihre Schönheit. Ihre zur Schau gestellte Heiterkeit war nicht ansteckend. Ein übertriebenes Lächeln, das sofort in Weinen übergehen würde, wenn sie aufhörte zu lächeln. Diesmal war es so übertrieben, dass ich glaubte, hinter ihren Zähnen ihr Skelett zu sehen. Ich sah das breite weinerliche Grinsen des blanken Schädels, der sein altes Haar als Perücke trug.

Nach der Begrüßung hieß sie mich noch zu warten. Ich hatte mich zwar verlaufen, war aber zehn Minuten vor dem Termin da. Ich setzte meinen Rucksack ab und nahm inmitten des Chaos Platz. Ihre Hektik beherrschte den Raum. Die Augen auf das Display geheftet, ließ sie ihr Telefon nicht aus der Hand. Wie eine Fernbedienung, mit der sie sich selbst lenkte. Links, rechts. Vorwärts, rückwärts. Mit abrupten und heftigen Drehungen und ohne ihr Lächeln zu unterbrechen. Es wäre auch nicht in Ordnung, wenn sie mitten im Dienst anfinge zu weinen. Sie führte einige Telefonate. Setzte sich mehrmals an den Computer, stand genauso oft wieder auf. Nachdem sie einige Male ins Büro hinein und wieder hinaus gegangen war, kündigte sie an, dass man mich nun empfangen werde.

Ich trat ins Büro der Verlagsleiterin. Eine angenehme, amüsante Frau, die wirklich was von Verlagswesen und Literatur verstand. Sie machte zwar einen reservierten Eindruck, hatte aber eine besondere Aura. Wir grüßten einander. Sie sagte, sie werde gleich so weit sein, müsse noch die E-Mail abschicken, an der sie schrieb. Ich setzte mich an den runden Tisch in der Ecke. Die Wände waren voller Bücher, auf den Tischen lagen Manuskripte. Das Internetradio, das sich ab und zu selbst bewarb, war leise gestellt. Erst beim Refrain erkannte ich das Lied, das gerade lief: »Calling Elvis« von **Dire Straits**. Ich lauschte dem Rhythmus, der sich anhörte wie eine Spielzeugeisenbahn, und wartete.
Wenig später gesellten sich auch zwei Lektoren zu uns, mit Drei-Tage-Bart der eine, der andere mit einem Gewirr von Bart und Haar. Kaffee wurde gereicht. Ich bekam die orangefarbene Tasse. Mein erster Kaffee heute. Ich nahm nur einen kleinen Schluck, um mich nicht zu verbrennen. Nach einer kurzen gemütlichen Plauderei gingen wir zum eigentlichen Thema über. Bis auf das nervige Zucken an meinem linken Auge lief alles bestens. Ob man das sehen konnte?

Als ich den Verlag verließ, konnte ich mich vor Freude kaum halten. Meine jahrelangen Anstrengungen, die monatelangen Sitzungen waren nicht umsonst gewesen. Happy End. Über den Inhalt und logischen Aufbau des Buches hatten wir uns geeinigt. Es mussten noch die Zusagen von den Leuten besorgt werden, die im Buch vorkommen sollten. Und ja, diese Arbeit blieb an mir hängen. Wenn ich schon mal in der Gegend war, konnte ich gleich in Beyoğlu damit anfangen. Zuerst aber brauchte ich einen Plan.

Ich ging zu meinem Stammcafé und hatte wieder vergessen, dass es das nicht mehr gab. Es fiel mir wieder ein, als ich im Schaufenster der Boutique, in die sich das Café verwandelt hatte, die extravaganten Schaufensterpuppen wahrnahm. Wie wenn man bei einem Stromausfall ständig die Lichtschalter betätigt, führten mich meine Füße hierhin, obwohl das Café längst dicht gemacht hatte. Über mich selbst ärgernd, brummte ich in mich hinein und ging weiter. In der Nähe fand ich ein anderes Café. Drinnen war es düster, der Tisch wackelte, die Musik klang grauenhaft, aber ich hatte mich schon hingesetzt. Ich bestellte Filterkaffee.

Mit einem schier unendlichen Elan holte ich bis in den Abend hinein die erforderlichen Zusagen und Kontaktdaten jener Leute ein, die ich, am wackeligen Tisch des düsteren Cafés und begleitet von entsetzlichen Schnulzen, aufgelistet hatte. Überall wurde ich höflich empfangen und mit Tee abgefüllt. Alle wollten bei dem Buchprojekt dabei sein. Mit einem Mittagessen und zwei Kaffeepausen beendete ich mein Tagewerk. Alles war bestens, aber ich war dem Ersticken nahe. In der Sommerhitze wurde man zu einer lächerlichen Version seiner selbst. Zum Glück wurde es allmählich dunkel. Die Sonne ließ von mir ab.

Ich sah auf die Uhr und beschloss, trotz meiner Müdigkeit bis zu Elifs Haus zu laufen. Vom Tünel aus ging ich in Richtung Taksim-Platz. Wie heute Morgen. Nun aber waren Menschenmassen unterwegs. Sie wurden immer größer. Vor dem Galatasaray-Gymnasium standen auf beiden Seiten der Straße zwei riesige, schmutzig-weiße Wasserwerfer, versperrten fast den Durchgang. Die Massen setzten ihren Weg fort, verengten, drückten sich zusammen und wurden langsamer. Die Straße glich einer Bombe kurz vor der Explosion. Noch war es ruhig.

Von weitem drang eine Sirene in mein Ohr, zerrte an meinen Nerven, bis ich merkte, dass es die Technomusik war, die aus dem Laden dröhnte, an dem ich gerade vorbeilief. Ein alter Mann saß direkt vor dem Laden und spielte Bağlama. In der Büchse vor ihm lagen ein paar Münzen. Man konnte zwar sehen, wie der Mann spielte, zu hören war er nicht. Die zur Sirene verzerrte Technomusik direkt hinter ihm übertönte alles. Als ich die beiden Wasserwerfer passierte, musste ich mein Tempo drosseln. Ein rotgesichtiger Tourist mit einem T-Shirt, auf dem irgendetwas auf Deutsch stand, untersuchte aus nächster Nähe die beiden Fahrzeuge: Modell zahmer Panzer und brutaler Militärjeep. Ich verstand den Aufdruck auf seinem T-Shirt nicht. Hatte wieder aufgehört, Deutsch zu lernen. Dabei war ich nicht schlecht darin. Ein frecher Teenager schaute ihn an und rief: »Gleich gibt es Pfeffergas.« Dabei untermauerte er »gleich« mit einer entsprechenden Armbewegung. Statt Pfeffer sagte er *biber*, als ob der Mann das verstehen müsste. Das Wort »Gas« hauchte er beinahe mit einem englischen Akzent. Am nervösen Lächeln des Touristen sah man, dass er verstanden hatte.

Hinter den Wasserwerfern standen die Polizisten. Ein dunkelblauer Haufen. Ich ging auf sie zu. Auf ihren Gesichtern schwankte ein müder Ausdruck zwischen Nervosität und Arroganz. Direkt daneben stand eine Gruppe Jugendlicher mit roten Fahnen und bereitete sich auf die Kundgebung vor. Die Fahnen waren eingerollt. Die Gruppe war noch dabei, sich zu versammeln. Eine vielköpfige Touristengruppe durchbrach sie ohne Eile. Allen voran der Reiseleiter mit seiner bunten Fahne an einer dünnen langen Stange. Die Gruppe lief ihm hinterher. Auf diese Weise ihre Neutralität ausdrückend, distanzierten sie sich von der protestierenden Gruppe. Vor den wehrlosen Blicken der Polizisten rückten sie mit schnellen, kleinen Schritten zum Taksim-Platz vor.

Von der Menschenmasse eingeklemmt, kam ich der Polizeigruppe sehr nahe. Gerade als ich sie passieren wollte, berührte meine Hand das kalte Metall der Waffe eines der Polizisten. In diesem Moment dröhnte es entsetzlich in meinem Ohr. Der Maraş-Eis-Verkäufer direkt hinter den Polizisten schlug mit aller Kraft seine Glocke. Dicht gedrängt standen die Menschen vor seinem Stand, lachten lauthals über seine Show und machten Fotos und nahmen Videos auf. Mit dem kalten Schmerz der Waffe an meiner Hand und dem Widerhall des Glockengeläuts in meinem Ohr ging ich weiter.

Während ich lief, wurde die Menschenmasse dichter und der Weg schmaler. Ich überholte von links die Straßenkehrmaschine mit der Bürstenfront, die mehr Lärm verursachte, als dass sie reinigte, und beschleunigte meinen Gang. Es bot sich mir ein erstickendes Gemälde von streunenden Hunden, obdachlosen Migrantenfamilien, im Familienverband flanierenden arabischen und allein oder paarweise reisenden europäischen Touristen, Fotoapparaten, Selfie-Sticks, rote Straßenbahnen, noch mehr Fotoapparaten, Polizei, Zivilisten, Vereinsflaggen, Spruchbändern, Wechselstuben, Touristen, Döner-Gerüchen, in dem alle und alles wahllos ineinander überging.

Ich kam aus dem Gleichgewicht, als ich mit dem linken Fuß auf die seitlich abgestellte Personenwaage trat. Der alte Mann, der mit dem Wiegen von Passanten Geld zu verdienen versuchte, blickte auf. So, als verlangte er die halbe Wiegegebühr. Ich taumelte und stieß mit der Wange gegen das harte Glas der Vitrine voller Lokum. Mein Wangenknochen pochte. Ein hässlicher Junge ging Darbuka spielend an mir vorbei. Sein Rhythmus begleitete das Pochen. Vor dem Lokumgeschäft stand ein als osmanischer Sultan verkleideter junger Mann. Unsere Blicke trafen sich. Er war extrem dünn. Seine Handgelenke waren mit schmutziger Mullbinde umwickelt. Er musste einen missglückten Selbstmordversuch unternommen haben. Der Untergang des Osmanischen Reichs.

Eine dieser beleuchteten blauen Kunststoffschlingen, die in die Luft geschleudert werden, landete vor meinen Füßen. Plötzlich waren überall Seifenblasen. Ein dünner Junge, den Kapuzenpulli über die Mütze gezogen, verkaufte am Straßenrand Plastikspielzeug, das mit mechanischem Eifer Seifenblasen sprühte. Mit todtraurigem Gesichtsausdruck verbreitete er eine nach Putzmittel duftende Heiterkeit in der Straße. Der Gebetsruf erklang, als eine Seifenblase an meinem Ohr zerplatzte. Der weiße Rauch des mobilen Köfte-Stands zog über die Reihe der Polizisten ab, als sich der Ruf des Lotterieverkäufers mit dem des Muezzins vermischte.

2. Eine schwarze Spinne

Was für Zeiten, was für welche
Verronnen und vorbei.

Özdemir Asaf: Boğaz Gezintisi
[Bosporusfahrt]

Ich war auf halbem Weg zu Elif. Den Taksim-Platz im Rücken, lief ich von Harbiye nach Teşvikiye, vorbei an Absperrgittern der Polizei, die, nebeneinander aufgereiht, achtlos zusammengebunden waren. Ich prüfte das Kleingeld in meiner Tasche. Es würde reichen. Ich hatte fast so viele Münzen wie die Anzahl von Klebstoffschnüfflern, die in der unbeleuchteten Straße zwischen dem Hilton und dem Militärmuseum lauerten. Die ersten drei, die mich mit derselben Intonation »Bruder, hast du 'ne Lira?« anquatschten, wimmelte ich mit gekonnten Manövern ab. Und im letzten Moment auch den nächsten. Als der fünfte auf mich zuhielt und mich umarmte, drückte ich ihm die meisten Münzen in die Hand und versuchte meine Angst zu verbergen. Dreist pustete er in die Tüte in seiner Faust und sagte: »Danke, Pate aller Paten.« Es roch nicht nach Klebstoff. Sicher zog er eine Nummer ab.

Hinter dem Militärmuseum trat ich auf die von Straßenlaternen und Schaufenstern erhellte Straße. Wie ein *level boss* wartete ein letzter Schnüffler in der Ecke. Er kam näher: »Hast du zwei Lira, Bruder?« Ich hatte Lust, ihm ein »Was denn Mann, weiter unten hieß es noch *eine* Lira,« zuzurufen, aber er sah nicht so aus, als könnte er Spaß verstehen. Ich gab ihm, was er wollte. Er verabschiedete mich mit einer linkischen Kopfbewegung. Wieder ging dieses Spiel ohne Blessuren ab, das zu spielen ich überdrüssig wurde, weil jeder neue Spielabschnitt mit dem vorherigen fast identisch war, sobald ich die Episoden überwand. Ich war dem dunklen Bereich entkommen, hatte mich, das Kleingeld im Zickzack-Lauf unter den Schnüfflern verteilend, strategisch herausmanövriert.

Nun lief ich mit Elifs Schlüssel in der Tasche die beleuchtete Straße entlang, auf die Tür zu, die der Schlüssel öffnen würde. Ich hatte ihren Schlüssel, sie aber nicht meinen. Sollte ich vielleicht einen Ersatzschlüssel anfertigen lassen? Wir hatten verabredet, uns bei ihr zu treffen. Ich war früh dran. Sie würde nach der Arbeit kommen. Stets war sie voller Energie, nicht so ausgelaugt wie ich. Dabei arbeitete sie viel härter als ich. Ich hatte vor, mich für eine Stunde hinzulegen und dann zu kochen. Ich kramte den Schlüssel heraus und betrat das Treppenhaus. Es roch nach Pommes. Ich hatte Lust auf ein eiskaltes Bier. Goldgelb im Kristallglas. Ich stieg die Stufen hinauf und schloss die Wohnungstür auf. Der Rucksack klebte an meinem Rücken, ich stellte ihn in die Ecke. Während ich die Schuhe auszog, sah ich die in Großbuchstaben verfasste Notiz, die Elif am Eingang abgelegt hatte.

> Hallo mein Schatz, im Schlafzimmer war
> eine riesige schwarze Spinne. Ich habe mit
> dem Hausschuh nach ihr geschlagen und
> sie vermutlich nicht getroffen. Sie hat sich
> unters Bett verkrochen. Nur dass du es
> weißt! Wundere dich nicht, wenn sie dir
> begegnet. Sie war wirklich sehr riesig!!!

Ein kurzer Liebesbrief. Nicht sehr romantisch. Mir fielen die Augen zu, besonders das linke. Auch unter dem Einfluss der Notiz legte ich mich aufs Sofa im Wohnzimmer, statt ins Schlafzimmer zu gehen. Ich war den ganzen Tag auf den Beinen gewesen. Sie taten mir weh. Mein Rücken pochte. Wegen der vielen Tees hatte ich Sodbrennen. Das Dröhnen der İstiklâl-Straße hallte in meinen Ohren nach. Mir war, als käme ich aus einem Schlachtfeld, auf dem nicht mehr klar war, wer gegen wen kämpfte. Ich schlief sofort ein.

Als ich mit einem entsetzlichen Jucken im Nacken auffuhr, war das Wohnzimmer stockdunkel. Ich knipste die Lampe auf dem Couchtisch an. Meine trüben Schlafaugen suchten panisch nach der dicken schwarzen, und wegen des Schlags mit dem Hausschuh verkrüppelten Spinne. Sie war nicht da. Ich nahm mein Telefon mit dem kaputten Display und schaltete den Alarm aus, der in genau einer Minute losgehen würde. Das passierte mir derzeit ständig. Kurz bevor der Alarm losging, wachte ich auf. Manchmal sogar Sekunden vorher. Eine neue, nervtötende, unnütze Gewohnheit. Ich sollte mal das Display reparieren lassen. Mit offenen Augen lag ich noch eine Weile regungslos unter der Lampe. Das Glücksgefühl, das mich erfasst hatte, als ich den Verlag verließ, breitete sich wieder in mir aus. Ich blieb liegen und dachte an mein Manuskript.

Es würde ein alternativer Stadtführer sein mit dem Fokus auf historische und sehenswürdige Orte in İstanbul. Vor allem für ausländische Touristen. Ich hatte bereits eine lange Liste dieser Orte zusammengestellt, an der ich fast drei Jahre gearbeitet hatte: Unabhängige Buchhandlungen, Kinos und Theater außerhalb der Einkaufszentren, historische Konditoreien, einzigartige Tavernen, einfache Lokale, Plattenläden, auf bestimmte Themen spezialisierte Antiquitätenhändler, überdachte historische Ladenpassagen, kleine und große Parkanlagen, Museen und Galerien. Gespräche mit den Besitzern, interessante Informationen, geschichtliche Fakten, Fotos. Listen zu erstellen war eine Krankheit, die ich seit dem Gymnasium nicht hatte loswerden können. Zum ersten Mal würde sich eine meiner Listen als nützlich erweisen. Von Dauer sein. Ein Teil von mir wollte sofort loslegen, der andere Teil trödelte herum. Seit dem Morgen, da ich erfahren hatte, dass der Vertrag unter Dach und Fach war, stiegen sowohl die Lust, mich sofort an die Arbeit zu machen, als auch die Trägheit auf das gleiche Level.

Ich stand auf und schaltete alle Lichter an. Es wurde hell. Ich blickte zur Tür. Sie sah aus, als würde sie jeden Moment aufgehen. Es würde nicht mehr lange dauern, bis Elif kam. Ich ging in die Küche, machte ein eiskaltes Bier auf und leerte es in einem Zug. Zum Einschenken ins Glas war ich zu faul. Ich öffnete den Kühlschrank und warf einen skeptischen Blick hinein.

Binnen vierzig Minuten war das Essen fertig und der Tisch gedeckt. Ich drehte ein paar Runden im Wohnzimmer und schaute gerade aus dem Fenster, da ging, kaum dass ich den Schlüssel hörte, die Tür auf. Wieder packte mich dieses Gefühl. Sobald jemand mit einem Schlüssel eine Wohnung betritt, in der ich mich befinde, befällt mich eine seltsam irrationale, kindische Angst. So als würde man mich auf frischer Tat ertappen. Ich lasse dann alles stehen und liegen und nehme mit angehaltenem Atem Habachtstellung ein. Obwohl ich mich in meiner Haut unwohl fühle, gelingt es mir, im letzten Augenblick eine gezwungene Gelassenheit vorzutäuschen, und versteife mich.

»Kahraman? Ah, du bist schon da.«
»Sogar das Essen ist fertig.«
»Wow, super.«
Als sie zur Toilette ging, rief ich ihr hinterher.
»Ich habe die Spinne im Schlafzimmer eingefangen und zubereitet. Mit süß-saurer Soße.«
»Na, bestens. Wir teilen. Vier für dich, vier für mich. Die Beine.«
Elif zog sich schnell um und setzte sich mir gegenüber. Sie war wunderschön wie eh und je.
»Oooh, das sieht wie immer fürstlich aus.«
»Guten Appetit. Allerdings ist das Kochen nicht leichter geworden, seitdem du kein Fleisch mehr isst. Es gibt kaum noch Optionen.«
»Was erwartest du, soll ich etwa Tierkadaver essen, damit du mehr Optionen hast, mein Schatz?«
»Aber nein, nicht doch.«

»Du nimmst es nicht ernst, weil ich spät dazu geworden bin?«
»Wozu geworden?«
»Vegetarierin.«
»Ach was, warum soll ich es nicht ernst nehmen?«
»Na, weil ich Neu-Vegetarierin bin.«
»Quatsch, entspann dich. Aber ich sage dir eins: Nur weil du Vegetarierin bist, heißt das noch lange nicht, dass du ein guter Mensch bist. Auch Hitler war Vegetarier.«
»Im Ernst?«
»Ja. Habe ich neulich in einer Zeitschrift gelesen. Er hasste Fleischesser. Er hatte nur Verachtung für sie übrig, nannte sie gar ›Aasfresser‹.«
»Wow, das klingt noch krasser als ›Tierkadaver‹. Wie mag sich das wohl auf Deutsch angehört haben? Mit gerollten Rs brächte auch ich den Fleischessern das Fürchten bei. Übrigens, es schmeckt hervorragend.«
»Guten Appetit. Ich liebe Tiere ja auch. Sogar mehr als die Menschen. Deutlich mehr. Deshalb bin ich auch kein Vegetarier und esse denen ihre Nahrung nicht weg, wie du.«
»Buh, du übertreibst aber mächtig, nur um zwei Köfte essen zu können.«
»Hat aber fast geklappt.«
»Fast.«
»Das Buchprojekt geht übrigens klar.«
»Oh je, das habe ich völlig vergessen, entschuldige. Natürlich, heute war doch das Treffen. Und, wie ist es gelaufen?«
»Besser, als erwartet. Es war zwar klar, dass sie es drucken würden. Ich hatte nur nicht damit gerechnet, dass sie es so solide angehen würden. Die Redaktion hat sich einstimmig dafür entschieden. Ich sag mal so: Mein Buch ist ihr größtes Projekt für das nächste Jahr. Es wird eine Sonderausgabe geben, Auflage: hunderttausend. Gebundene Ausgabe und Taschenbuch. Geplant ist auch, es zunächst in sieben Sprachen zu übersetzen.«
»Was sagst du da? Das ist ja fabelhaft!«
»Genau. Der Untertitel wird ungefähr so heißen: ›Einzigartiges Nachschlagewerk für Touristen, die İstanbul eingehend erkunden möchten, und für Menschen, die die Stadt lieben,

in der sie leben.‹ Etwas kürzer natürlich. Ich werde wegen der Titel und Kapitelüberschriften deine Unterstützung brauchen.«
»Klar doch. So machen wir es. Ich freue mich riesig, Kahraman, herzlichen Glückwunsch.«
Wir stießen mit Bier an.

»Danke, es sieht so aus, als würde ich zum ersten Mal mit einem Manuskript anständiges Geld verdienen. Wie es scheint, wird die Bezahlung sogar viel höher ausfallen als die Gesamtsumme meiner Tantiemen für Übersetzungen, Editionen und Korrekturen bisher.«
»Perfekt. Du meinst, du wirst dir die Taschen füllen.«
»Genau. Wenn auch per Abschlagszahlung. Zum ersten Mal wird meine Urhebervergütung mit hunderttausend multipliziert, statt mit tausend oder zweitausend.«
»Sicher bekommst du auch einen Anteil an den Übersetzungen.«
»Ja, sicher.«
»Hey, das muss gefeiert werden, wären wir bloß ausgegangen, zum Essen, oder so.«
»Das feiern wir noch, hat keine Eile.«
»Nicht, dass es unter den Tisch fällt, hörst du, lass uns am Wochenende etwas unternehmen.«

Nach dem Abendessen überfiel uns die Müdigkeit und wir breiteten uns auf den Sofas aus. Wir waren in dem Alter von Marx und Engels, als sie »Das Kommunistische Manifest« geschrieben hatten. Ich war neunundzwanzig, Elif siebenundzwanzig und wir lümmelten vor dem Fernseher herum. Von diesem Gedankengang peinlich berührt, und um zu etwas nütze zu sein, legte ich den Laptop auf meinen Schoß und drückte auf Start. Den Fernseher schaltete ich stumm, übertrug einen Teil der Einträge aus der Hauptliste in die Liste mit den Zusagen und legte eine Reihenfolge fest. Das erste Interview würde ich bei dem seit fast zwanzig Jahren existierenden unabhängigen Buchladen in Beyoğlu führen.

Ich überflog meine gesammelten Informationen und machte mich an die Fragen.

Auch Elif arbeitete etwa eine Stunde an ihrem Platz, mit dem Gesicht zur Wand. Schon seit Jahren arbeitete sie so. Sie war Werbetexterin bei einer großen Agentur. Eine Stunde lang marterte sie ihr Hirn mit einem Text über eine Schokolade, die ganze Nüsse enthielt. Meine Vorschläge verwarf sie mit den Worten »Red' keinen Unsinn, Kahraman, so geht das doch nicht.« So lief das immer ab. Vermutlich hatte sie damit Recht.

Als wir bettreif waren, wechselten wir ins Schlafzimmer. Da wir ihr Territorium betraten, kam die Sprache auf die Spinne. Mit der Taschenlampe des Telefons sah ich unter das Bett. Mit Augen wie Schädlingsdetektoren suchten wir Wände und Laken ab. Sie war nicht zu sehen. Vielleicht wegen der Spinne, vielleicht weil wir zu müde waren, hatten wir keinen Sex. Kaum lag sie im Bett, schlief Elif auch schon ein.
Ich betrachtete ihre Silhouette neben mir. War dieser dunkle Schatten die Frau, die das Essen verspeist hat, das ich heute gekocht hatte, mit der ich mich lange unterhielt, zusammen fernsah und die ich liebte?

Bis ich einschlief, wälzte ich mich stundenlang im Bett. Ich blickte wieder auf die Silhouette. Sie schien ein wenig geschrumpft zu sein. Je tiefer im Schlaf, desto kleiner wurde sie. Sie hatte sich so sehr gefreut für mich. Warum hatte ich ihr nicht alle Details erzählt, die ich mit dem Verlag besprochen habe? Wo sie doch mir gegenüber in jeder Hinsicht offen ist. Warum hatte ich ihr zum Beispiel nicht gesagt, dass ich keinen Anteil an den Übersetzungen bekommen würde? Aus Angst, sie könnte mich mit vernünftigen Argumenten davon überzeugen, dass dies nicht fair war, obwohl ich auch ohne diesen Anteil wahrscheinlich mehr als genug verdienen würde. Ich wollte keinesfalls mit dem Verlag etwas neu verhandeln, worauf wir uns bereits verständigt hatten. Wahrscheinlich deshalb. Sie ist mir gegenüber in jeder Hinsicht offen.

Und sie hatte keinen Schlüssel zu meiner Wohnung, während ich ihren Schlüssel besaß. Los, schlaf endlich, schlaf. Ich kann nicht. Schlaf jetzt! Schlaf, und ich bitte dich, träume diesmal keinen Blödsinn.

In meinem Traum saßen Hitler und ich uns gegenüber. Es war stockfinster. Nur über uns brannte helles Licht. Von weitem hörte man eine Sirene. Hitler aß eine Spinne, groß wie ein Essteller. Die krummen Beine des von einem Pantoffelhieb verletzten Tieres lagen wie ein Hakenkreuz auf dem roten Teller. Mit vollem Mund erklärte er, es sei wegen der ganzen Nüsse darin ein ideales vegetarisches Gericht. Auf Türkisch.

Dann verschlang er das letzte Bein der Spinne, sah mich an und brüllte: »Weil du noch immer kein Deutsch kannst, muss ich Türkisch reden, du Behinderrrterrr«. Dabei rollte er das R in seinem mit Spinne gefüllten Mund. Es war mir sehr peinlich. Obendrein hatte er recht. Ich hielt den Mund und senkte den Blick. Er tat dasselbe. Eine Weile blieben wir regungslos. Wie das Warten auf den Applaus nach dem letzten Akt. Dann plötzlich drehte er den Kopf unruhig hin und her, schnupperte mit zusammengekniffenen Augenbrauen herum. Dabei warf er mir einen Blick zu, von dem mir nicht klar war, ob er mich tadeln oder loben wollte und fragte: »Hast du vergessen, das Gas abzudrehen?«

3. Gegenüber begann der Tango

Tropfen für Tropfen sammelt sich in mir die Angst,
Mir scheint, an jeder Ecke lauern die Dämonen.

Necip Fazıl Kısakürek: Kaldırımlar
[Bürgersteige]

Ich erwachte allein im Bett. Nach dem Faltenwurf des Bettbezugs zu urteilen, war Elif schon seit einer ganzen Weile fort. Wahrscheinlich trug sie gerade in einem ungelüfteten Sitzungsraum ihre Filmideen für die Nussschokolade vor. Mit einem Pappbecher erkalteten Restkaffees vor sich. Wieder war ich voller Mitgefühl für sie. Tag und Nacht arbeitete sie wie besessen, beklagte sich kein bisschen. Ich rollte mich auf ihre Seite. Sie war inzwischen kalt. Ich schlief noch eine Weile, an ihrer statt. Hatte den Wecker nicht gestellt. Er würde keinen Alarm schlagen.

Eine halbe Stunde später zog ich mich an, brachte das Bett in Ordnung, überflutete das Schlafzimmer mit Insektenspray und zog danach die Tür fest zu, wie Elif es mir eingeschärft hatte. Den scharfen Geruch des Insektenmittels in der Nase, trank ich in der Küche Wasser und dachte an meinen Traum. Vorsichtshalber kontrollierte ich den Gashahn, er war natürlich abgedreht. Ich zog die Schuhe an, schulterte meinen Rucksack und schloss die Tür ab. Im Treppenhaus roch es noch schwach nach Frittiertem.

Für ein schnelles Frühstück ging ich zu dem Bistro am Anfang der İstiklâl-Straße, nahm an der Theke direkt vor dem

Spiegel Platz und aß einen Toast. Der Spiegel nahm die ganze Wand ein, was den Innenraum breiter wirken ließ. Auch wenn ich es verabscheute, mir aus solcher Nähe beim Essen zuzusehen, saß ich seit Jahren an demselben Platz und aß den gleichen Toast. Wie eine Filmszene mit Naheinstellung, die kein Schauspieler je gedreht haben würde. Sie war viel zu lang, um für irgendeinen Film in Frage zu kommen. Das Kauen, eine vom Gesicht unabhängige, routinemäßige Mundbewegung, sah nach einer Weile äußerst befremdend aus. Schau nicht hin. Tu ich doch gar nicht. Doch, tust du!

Ich wandte den Blick von mir ab, er blieb an dem Butterberg hängen. Er war geschnitzt, hatte die Form eines Tieres und stand in der Ecke, in der Kumpir, Backkartoffel, zubereitet wurde. Er empfing mich jedes Mal in Gestalt eines anderen Tieres. Kuh, Schwan, Ente. Heute war es ein Lamm und trotz der Buttermasse behielt das Tier seine Form.

Ich überquerte die Straße und hielt auf Tarlabaşı zu, während mein Spiegelbild noch an dem Toast herumkaute. Ich hatte es dort zurückgelassen und lief nach Hause. Dort wo mein Viertel begann, das sich in den letzten Jahren zu einer gigantischen Baustelle entwickelt hatte, stand an der Mauer, die wohl bald abgerissen werden würde, in roten Lettern: »Die urbane Transformation wird prachtvoll!«

Wie üblich parkten der weiße Wasserwerfer und der gelbe Kran nebeneinander. Wie riesige Löwenstatuen, die mit einem edlen Sinn für Symmetrie, an den Zufahrten von Herrenhäusern aufgestellt werden. Ich zwängte mich zwischen den beiden durch und gelangte in meine Straße. Ich wohnte in der dritten Etage eines vierstöckigen Hauses. Die Wohnblocks zu beiden Seiten wurden für den Bau neuer Häuser gerade abgerissen. Die Baustellen waren mit Aluminiumsichtblenden abgeschirmt, ich konnte nicht sehen, wie weit der Abriss schon war. Einst als eine ruhige Wohnung gemietet, lebte ich seit Jahren inmitten nicht enden wollenden Baulärms.

Ich ging die Treppe hoch und betrat die Wohnung. Als ich hier einzog, kaufte ich alle Möbel im selben Geschäft und hatte seither keinen Finger mehr für die Wohnung gerührt. Deshalb sah mein Wohnzimmer aus wie eine aus dem IKEA-Katalog herausgerissene weißgraue Seite, die ich am liebsten zerknüllen und wegwerfen wollte. Bis auf das alte Sofa. Das einzige Möbelstück, das ich aus meiner alten Wohnung mitgebracht hatte. Ein dunkelgrünes, ziemlich abgewetztes Sofa, das ich obsessiv liebe und von dem ich mich nicht trennen kann.

Im Wohnzimmer öffnete ich das Fenster. Die Aussicht auf den Salat in der Auslage des Gemüsehändlers gegenüber war die einzige Grünfläche in einer Straße voller Stahlbetonbauten. Ein Botanischer Garten aus Salatköpfen. Ich hob den Blick und schaute in die Etage vis-a-vis. Noch bewegte sich nichts in der Tanzschule, wo Tag und Nacht Paare mit idiotischem Ernst und figurativer Ästhetik, begleitet vom Donner einstürzenden Bauschutts, ihre Runden drehten. Ich hatte ein Wohnzimmer mit Aussicht auf Amateurtänzer. Wenn ich kein Licht mache, aber drüben die Spots strahlen, scheint es, als würden sie hier drinnen tanzen. Besonders dann, wenn ich betrunken bin.

Auf der einen Seite des Gemüsehändlers ist ein Elektronikgeschäft, dessen Ladeninneres einer Höhle gleicht. Es ist der dunkelste Laden im Viertel. Auf der anderen Seite ein kleiner Laden in dem nachgemachte Bomberjacken billig verkauft werden. Dort herrscht ein Zustand ständiger Anprobe. Dabei sieht es so aus, als würden alle gleichzeitig das Haus verlassen wollen. Doch sie bleiben drin und ziehen Mäntel an und aus. Als ob ihr Tag nur ein paar Sekunden dauert. Bei uns im Erdgeschoss ist eine Privatpraxis untergebracht. Die meisten Patienten merken wohl erst auf der Straße, dass sie die Einmal-Plastiküberzieher noch an den Füßen haben. So ist die Straße übersät von blauen Plastiküberschuhen. Hygieneblau.

Wenig später tauchte der Bus auf, auf dessen offenem Verdeck die Touristen herumgefahren werden. Die Sitzreihen waren leer, er fuhr wieder zurück ins Busdepot. Auf dem Bus stand mit lustigen, sonnigen Buchstaben und Sternchen verziert der Schriftzug »Sightseeing«. In dieser Gegend gab es nichts zu sehen, zu besichtigen, zu fotografieren und nichts Interessantes zu entdecken. Außer den vom Wind aufgewirbelten Plastiküberschuhen. Hier entstand ein nigelnagelneuer Lebensraum: Zentrumsnah, stressfrei, mit Ausblick auf Amateurtänzer; in dem sich das Blau der Plastiküberschuhe und das Grün des Kopfsalats begegnen!

Ich leerte den halben Rucksack auf den Couchtisch. Berna schaute mich von ihrem Platz böse an. Sie stand auf, schmiegte sich an meine Beine und miaute lange. So macht sie es immer, wenn ich nachts nicht nach Hause gekommen war. Diesmal war sie zwei Nächte lang allein gewesen. Ich hatte zuerst bei meiner Mutter übernachtet, dann bei Elif. Also protestierte sie doppelt. Ich schaute nach ihrem Fressnapf und dem Trinkgefäß. Sie hatte sie nicht ganz leer gemacht, sie vermisste Zuneigung. Ich wurde erst sauer, weil sie um meine Füße wirbelte. Gleich danach schlug mein Ärger in Zärtlichkeit um. Ich ließ alles stehen und liegen und streichelte sie lange. Wir vertrugen uns wieder. Als sie mir in die Küche folgte, war ihr Gang wieder friedlich.

Ich setzte mich mit einer Tasse Filterkaffee an den Computer. Wie ein Privatdetektiv trank ich in letzter Zeit viel zu viel Kaffee. Sinnlos viel. Auch der Platz, den ich für die Arbeit an dem Buchprojekt im Wohnzimmer hergerichtet hatte, ähnelte einer schlecht gehenden Detektei. Dafür hatte ich eine Ecke des Wohnzimmers bestimmt. Der holzfurnierte Esstisch, den ich dort hingestellt hatte, war mit Büchern bedeckt, die ich als Nachschlagewerke aus Wien, Paris, Berlin und London hatte kommen lassen. Die Pinnwand über dem Tisch quoll über von Berichten über die Orte, die für das Buch vorgesehen waren. Auf dem Couchtisch unter dem Tisch stapelten sich Computerausdrucke zum Thema. Darunter stand ein kleiner, grauer Drucker. Außerdem hing ein Stadtplan von İstanbul an der Wand. Darauf waren die Orte markiert, die für das Buch in Frage kamen. Mein chaotischer Arbeitsbereich sah wie ein provisorisch gebautes Boot aus, das am Ufer des bescheiden ordentlichen IKEA-Wohnzimmers angelegt hatte. Ein kunterbuntes Fischerboot namens İstanbul, das in einer geordneten schwedischen Hafenstadt Anker warf.

Das war keine momentane Unordnung. Seit ungefähr drei Jahren arbeitete ich an dem Buch, wenn auch langsam. Natürlich freute es mich, dass der Verlag daraus ein großes Projekt machte, aber ich hatte ein bescheidenes İstanbul-Buch im Sinn gehabt. Von Anfang an hatte ich die Idee von einem kleinformatigen Buch, in dem ich die Orte vorstellen würde, die ich liebte und oft besuchte. Dass die Sache größere Ausmaße annahm, war auch für mich eine Überraschung.

Ich ging die Notizen noch einmal durch, die ich in einen vier Jahre alten, unbenutzten Kalender eingetragen hatte. Die Liste war grob fertig, Reihenfolge, Gliederung und Details fehlten noch. Es gab also noch viel zu tun. Der Titel stand noch nicht fest. Der Projektname, unter dem ich das Projekt gespeichert hatte, lautete »İstanbul-Buch«. Sicher würde Elif einen besseren Namen dafür finden. Ich machte dort weiter, wo ich gestern Nacht bei Elif auf dem Sofa aufgehört hatte, und feilte an dem Fragenkatalog.

Ich arbeitete drei Stunden am Stück, bis mich ein schriller, anschwellender Baustellenlärm innerlich erzittern ließ. Als bohrte man direkt hinter der Wand einen riesigen Zahn. Ein beängstigender, aggressiver und durchdringender Lärm, der crescendoartig an Lautstärke zunahm. Zum Glück war ich mit dem Fragenkatalog für den Buchhändler fertig. Trotz des Lärms überflog ich ihn noch einmal, druckte ihn aus und legte ihn, in eine transparente Mappe eingesteckt, in den Rucksack.

Ich ging zum Computer zurück und aktualisierte den Ordner mit neuen Notizen über die alte Konditorei in Beyoğlu. Der Gesprächstermin war für nächste Woche vereinbart. Ich musste sie telefonisch an den Termin erinnern. Ein paar Fotos wollte ich auch machen. Über die Urheberrechte der Fotos war mit dem Verlag nichts vereinbart. Höchstwahrscheinlich würde ich für lau fotografieren. Lass es bloß Elif nicht hören! Wo sie doch alles mit mir teilte. Ich sollte zusehen, noch diese Woche einen Ersatzschlüssel machen zu lassen.

Ich setzte mich aufs Sofa, nahm aus dem Rucksack das Buch, das die Redaktionsleiterin mir gestern geschenkt hatte. Es war gerade in der Reihe »Science-Fiction-Klassiker« erschienen. Ein russischer Autor. Der Prolog überzeugte mich nicht besonders. Ich mochte zwar theoretische Abhandlungen und Studien über Science-Fiction, es langweilte mich aber immer, Romane dieses Genres zu lesen. Kann sein, dass ich die falschen Bücher kaufte. Ich legte das Buch auf den Beistelltisch. Das Lesen ermüdete mich inzwischen. Früher war das anders. Liegt es womöglich an dem Zucken am linken Auge? Oder daran, dass ich nachts nicht gut schlafe? Oder machte das Lesen von Science-Fiction einen so schläfrig. Ich legte mich aufs Sofa. Trotz des anhaltenden Lärms der kolossalen Kariesbehandlung schlief ich ein.

Es klingelte an der Tür. Der Baustellenlärm hatte aufgehört. Da es selten an meiner Tür klingelt, war ich irritiert. Ich schaute auf die Uhr, Elif konnte es nicht sein. Sie war bei der Arbeit. Wer sonst sollte es dann sein? Ich befreite mich aus dem Sofa, dessen Teil ich durch das viele Liegen bereits geworden war. Das dunkelgrüne Sofa sah aus, als fehlte ihm ein Kissen. Als ich die Tür aufmachte, sah ich aus wie ein unförmiges Sofakissen. Es war die Nachbarin von unten, eine Frau mittleren Alters. In der Hand hielt sie einen gelben Teller. Darauf lagen drei dunkle Scheiben eines Desserts.
»Guten Tag, ich habe Tiramisu gemacht, das hier ist für Sie.«
»Vielen Dank, das ist sehr nett von Ihnen.«
»Guten Appetit.«

»Danke schön. Beste Grüße.«
»Gern geschehen. Schönen Tag noch.«

Ich hatte keine Lust auf Nachtisch, nahm aber den Teller entgegen und stellte ihn in den Kühlschrank. Inmitten dunkler Bierflaschen, rostiger Konservendosen, krumm gedrückter Ketchup- und Mayonnaisetuben und vertrocknetem Käse sah der Teller aus wie aus einer anderen Welt. Ich kehrte zum Sofa zurück. Das Kissen nahm wieder seinen Platz ein. Ich dachte an das Gesicht der Frau als sie an der Tür stand und mir den Teller reichte. Diese alltägliche Begegnung fühlte sich in der Erinnerung seltsam an. Wie in den Filmen von Dario Argento, wo die Nachbarin, eine Hexe, Verwünschungen auf Latein ausstößt »Ti ra mi suuuu!« und deren schönes Gesicht einer Maske gleicht, die jeden Moment zerreißt. Ja, ihr Gesicht war schön. Schön, aber erschöpft. Seit ich hier eingezogen bin, beobachtete ich bei jeder Begegnung auf der Straße, an der Haustür, im Treppenhaus Schritt für Schritt ihren Zerfall. Ihr fröhliches Naturell verblasste, ihr Lebensüberdruss spiegelte sich in ihren Augen wider. Klar, es lag an ihrem Mann, der sie fortwährend beschimpfte. Ich war ihm ein paar Mal im Treppenhaus begegnet. Nie trafen wir einander ebenerdig. Er war ein Rindvieh. Vor meinen Augen tauchte eine als Rindvieh geformte Statue aus Tiramisu auf, die mit schnellem Tempo die Treppen hinaufstieg. Das Tiramisu-Rindvieh war in Form.

Ich schaute aus dem Fenster. Es war weder Tag noch Abend. Gegenüber begann der Tango. Ich nahm den Rucksack und verließ die Wohnung. Ich verließ das Baustellen-Viertel und war auf der İstiklâl-Straße. Ich betrat ein Restaurant, das auf dem Weg lag. Es war wenig los. Ich ging hoch ins Zwischengeschoss und bestellte. Eine vielköpfige Gruppe arabischer Touristen mit frisch transplantierten Haaren und weißen Verbänden um die Köpfe trat herein und nahm an einem langen Tisch Platz. Ich aß und blickte auf ihre eitrigen Wunden.

Zur vereinbarten Zeit suchte ich für das erste Interview den Buchhändler auf. Ich trat ein, als öffnete ich die erste Seite des Buches. Na denn, viel Glück. Man bat mich das zweite Mal heute aufs Zwischengeschoss. Wir setzten uns. Der Tee wurde gebracht. Bis auf das gelegentliche Zucken meines linken Auges war alles in Ordnung. Nach einer kurzen belanglosen Unterhaltung legte ich ihm den Fragebogen vor, drückte auf die Aufnahmetaste meines Telefons, legte das Notizbuch auf den Schoß. Wie ich gerade die erste Frage stellen wollte, nieste der Besitzer des Buchladens krampfhaft. »Gesundheit!«, sagte ich. Bevor er antworten konnte, nieste er erneut. Dann noch einmal. Wieder wünschte ich »Gesundheit«, diesmal mit einem unbehaglichen Lächeln. »Entschuldigung, wenn es einmal angefangen hat, hört es so bald nicht wieder auf«, sagte er und stand auf.

Er ging bis zum Geländer der Zwischenetage und nieste am laufenden Band. Sollte ich die Aufnahme stoppen? Ich rührte keinen Finger, starrte auf das zersprungene Display meines Telefons und wartete. Es gibt eine psychologische Grenze bei einem Niesanfall. Sie liegt, glaube ich, bei acht Niesern. Nach dem Neunten weiß man nicht, wie man darauf reagieren, welchen Gesichtsausdruck man aufsetzen und wohin man seine Hände legen soll. Der Anfall war nicht vorbei. Könnte er ewig dauern? Ab wie viel Nieser war die psychologische Grenze erreicht, um unbemerkt zu verschwinden? Der Anfall war nach zwölf, dreizehn Niesern endlich vorüber. Mit hochrotem Gesicht und triefenden Augen nahm der Buchhändler wieder Platz, trank einen Schluck Tee und lehnte sich zurück. Ich stellte die erste Frage.

Nach der siebten Frage machten wir eine Pause. »Übrigens, hier wird bald dicht gemacht«, sagte der Buchhändler, während wir auf frischen Tee warteten. Ich stürzte in den Abgrund, der sich zwischen dem Inhalt des Satzes und der Leichtigkeit seiner Äußerung auftat. Als ich wieder herauskletterte, hatte er noch den gleichgültigen Ausdruck auf seinem Gesicht. »Wo?«, fragte ich, obschon ich verstanden hatte. »Na hier, der Buchladen.« In diesem Moment überkam mich das Gefühl, die Aufnahme anhalten zu wollen und das Telefon kaputt zu schlagen, das Notizbuch wegzuwerfen, die Notizen zu zerreißen, das gerade vor mir abgestellte Teeglas aus dem Mund dampfend zu zerkauen und mich kopfüber vom Zwischengeschoss herunterzustürzen.

Ich sagte, dass ich das nicht gewusst habe, murmelte vor mich hin, dass das Interview in diesem Fall wohl keinen Sinn mache und bemühte mich, ihn dabei nicht zu kränken. Ich war kurz vor dem Ersticken. Was sollte ein Laden, den es nicht mehr gab, in einem Stadtführer? »Ich dachte, Sie wüssten Bescheid, es wird schon lange darüber geredet. Wir hatten es auch auf Twitter bekannt gegeben«, sagte er. Das brachte mich zum Lachen. Dann war mir zum Heulen zumute. Ich hatte einen grandiosen Start für das Buch hingelegt.

4. Unsichtbar schon jetzt

Beachte nicht die Häuser,
diese nicht, auch nicht jene
Schauen wir zum Himmel

Turgut Uyar: Göğe Bakma Durağı
[Haltestelle zur Beobachtung
des Himmels]

Ich war innerlich aufgewühlt, wusste nicht wohin mit mir. Nach Hause wollte ich nicht. Ich tat so, als würde ich noch ernsthaft Fragen stellen, raffte meine Sachen zusammen und eilte inmitten des zweiten Niesanfalls hinaus, ohne auch nur ein einziges Foto gemacht zu haben. Aufgeregt hatte ich den Buchladen betreten und verließ ihn wie verprügelt und rausgeschmissen. In der Hand drei Bücher, quasi zum Trost geschenkt, stand ich vor der Tür. Erst nach einigen Metern steckte ich sie endlich in den Rucksack. Ich war zutiefst demoralisiert, auch wenn ich es nicht wahrhaben wollte. Abgesehen von der symbolischen Bedeutung des Buchladens als Ort meines ersten Interviews, war er eines der wichtigsten Kapitel des Buches. Eine unsichtbare Hand riss die Seiten des Buches einzeln heraus. Der Niesanfall hallte in meinen Ohren nach. Ich drehte mich um. Der Laden war schon jetzt unsichtbar. Egal, lass dich nicht entmutigen. Tue ich aber. Tu es halt nicht!

Ich rief Elif an, während ich ziellos in Richtung Tünel trieb. Ich erzählte ihr von meinem Kummer. Wie immer baute sie mich auf und schlug andere Buchläden vor. Einer kam durchaus in Frage, war auch hier in der Gegend. Gleich da vorne. Mit einem Elan, der bei mir selten vorkam, trat ich ein. Drinnen stand eine Frau, nicht mehr ganz mittleren Alters, in Lederhose und mit blau-grauen kurzen Haaren. Sie sah aus, als wäre sie den Cyberpunk-Filmen der Neunziger entsprungen. Ich sprach sie ohne Umschweife an. Sie war die Besitzerin des Buchladens und nahm mein Angebot gern an. Ich sagte, ich würde in ein paar Tagen mit den Fragen vorbeikommen. Wir verabredeten uns für Sonntag. Alles passierte seltsam schnell. Wie bei einem Mann, der gerade von der einen Frau vor die Tür gesetzt wird und, kaum draußen, schon mit der nächsten anbändelt. Meine Stimmung hellte sich etwas auf.

Ich setzte mich in ein ungemütliches Lokal am Tünel, ein Ding zwischen einer Bar und einem Café, und bestellte ein Bier. Nebenbei recherchierte ich im Internet über den neuen Buchladen. Es würde also ein zehnjähriger Laden sein statt zwanzigjährig, war aber besser als nichts. Das Bier kam. Wie in vielen Lokalen, in denen ich in letzter Zeit verkehrte, spielten sie auch hier alte Klassiker, neu interpretiert. Zwar hatte die Menschheit die alten Lieder schon satt, konnte aber keine bessere hervorbringen. Coveralben retten Leben. Den Neuversionen hatte man durchgängig die Schwermut ausgetrieben und sie als Hintergrundmusik salonfähig gemacht.

Wieder rief ich Elif an und sagte ihr, dass ich mich mit einem der von ihr vorgeschlagenen Buchläden verabredet hatte. Sie freute sich. »Was machst du?«, fragte ich. Ihre Vorschläge zur Werbung von Nussschokolade kamen nicht gut an, sie feilte noch daran und würde wieder die ganze Nacht die Wand anstarren. Ich fragte nach der Spinne. Sie hatte sie nicht mehr gesehen. »Grüß sie von mir, wenn du sie siehst«, sagte ich. Sie lachte nicht. Wegen einer verfickten Schokolade verdarb man ihr die Laune. »Morgen ist Freitag, komm nach der Arbeit zu mir« sagte ich. »Kannst bei mir übernachten und Samstag unternehmen wir etwas.«
»Ja, das klingt gut. Am Samstag feiern wir dann dein Buch, gehen Essen oder so. Dann komme ich morgen so gegen sieben.«
»Alles klar, ich warte auf dich. Also dann, viel Erfolg.«
»Danke mein Schatz, gute Nacht.«

Ich bestellte noch ein Bier. Am Nebentisch war ein Mann unbestimmten Alters in sein Sudoku-Buch vertieft. Sein Getränk war ebenfalls undefinierbar. Die klare Flüssigkeit im Glas konnte Wasser sein, aber auch Wodka, Gin oder unverdünnter Rakı. Sie sahen alle gleich aus. Es machte aber einen großen Unterschied, ob er beim Sudoku Wasser trank oder Alkohol.

Ich holte die Bücher aus meinem Rucksack, die man mir gerade als Trost in die Hand gedrückt hatte. Die Reste der Buchhandlung, die bald geschlossen sein würde. Das eine war ein schmaler Roman mit dem Titel »Das Glück in glücksfernen Zeiten«. Von einem deutschen Autor, dessen Namen ich zwar gehört, von dem ich aber nichts gelesen hatte. Ich überflog den Klappentext. Der typisch deutsche Pessimismus, wie ich ihn liebte. Das andere, eine illustrierte Sammlung von Autorenbiografien, ein dickes gebundenes Buch. Das dritte war ein Roman eines amerikanischen Schriftstellers, dessen Namen ich noch nie gehört hatte.

Ich blätterte durch die ersten Seiten. Im Prolog las ich: »Die Geschichten in diesem Buch beruhen auf wahren Begebenheiten.« Ich aber fand die Geschichten von Menschen, die nie gelebt haben, schon immer viel interessanter. Ich ließ das Buch, das behauptete, auf »wahren Begebenheiten« zu beruhen, auf Nimmerwiedersehen auf dem Tisch liegen. Den Roman steckte ich in den Rucksack und überflog die Autorenbiografien. Dabei fiel mir auf, dass Virginia Woolf und James Joyce das gleiche Geburts- (1882) und Todesjahr (1941) hatten. Aus irgendeinem Grund ließ mich dieser Zufall schaudern.

Das zweite Bier kam. Der Mann am Nebentisch rief dem Kellner zu: »Ich hätte gern noch einen doppelten Rakı.« Der Idiot trank also unverdünnten Rakı beim Sudoku. Ich blätterte weiter. Das Buch war gut gemacht. Es war eins von den Büchern, die anspruchslos erscheinen, aber in der Erstellung sehr viel Mühe machten. Es erinnerte mich an die

Gedichtsammlung, die ich vor Jahren zusammengestellt hatte. Sie umfasste hauptsächlich Gedichte unserer Dichter über İstanbul. Ich dachte, ich würde das in ein, zwei Monaten abschließen, aber es kostete mich ein ganzes Jahr. Ich durchforstete alle Gedichte, die über die Stadt geschrieben worden waren. Von der Auswahl bis zur Sortierung, das war viel Aufwand. Keine Ahnung wie viele schlaflose Nächte ich wegen des Buches hatte, das nicht mehr auf dem Markt ist, weil der Verlag direkt nach der Veröffentlichung pleiteging.

Ich trank noch zwei Bier an diesem ungemütlichen Ort und machte mich dann auf den Nachhauseweg. Meine Blase drohte zu platzen. Im Viertel war es stockdunkel. Die Straße war für den Verkehr gesperrt und mit Baustellen-LKWs zugeparkt. Um ins Haus zu kommen, musste ich mich zwischen den Lastwagen durchschlängeln und fühlte mich dabei, als sei ich auf einer Autofähre unterwegs zum Klo. Es erinnerte mich an die Fahrten in die Sommerferien, wenn ich auf der Fähre versuchte, durch das Labyrinth von aufgeheizten Lastwagen auf die Toilette zu gehen, mit Wänden aus Eisen und nach Urin stinkend. Ich erinnerte mich an meine Eltern, die im Wagen auf dem Autodeck schliefen und an mein früheres Leben.

Aus der Mitte der Lastwagen trat ich in ein seltsames Licht. Der grelle Schein des von der Stadtverwaltung neu installierten Mega-Displays erhellte die Gegend. Der riesige Bildschirm war auf einer dicken, tiefschwarzen Säule montiert. Es lief ein Film in Dauerschleife und rühmte die städtischen Aktivitäten. Ich verlangsamte mein Tempo und schaute auf den in der Dunkelheit übertrieben leuchtenden Bildschirm. Auf dem Bildschirm waren Männer in Anzügen bei einer Krankenhauseröffnung zu sehen. Mit grünen OP-Hauben besichtigten sie leere Operationssäle und schüttelten den Ärzten die Hände.

Ich flüchtete in die Wohnung. Wie immer, wenn ich nicht mehr aus dem Haus gehen wollte, zog ich mir Trainingshose und Schlafshirt an. Alle meine Band T-Shirts, die ich früher wie verrückt gesammelt hatte, waren mit der Zeit zu Schlafshirts mutiert. Sie passten zwar noch, entsprachen aber nicht mehr meinem Musikgeschmack, wurden mit verblasstem Aufdruck, ausgeleiertem Kragen und verwaschen im Kleiderschrank separat aufbewahrt und wie Pyjama-Oberteile behandelt. Ich wechselte sie jede Nacht. Ich zog das T-Shirt mit dem abgewetzten weißen **Pantera**-Schriftzug auf schwarzem Grund und eine hellgraue Trainingshose an, kehrte ins Wohnzimmer zurück und öffnete das Fenster. Und schloss es gleich wieder, als ich sah, dass Baustellenstaub hereinrieselte.

Ich machte es mir auf dem maroden grünen Sofa voller Kratzspuren aus Bernas Kindheit bequem, das aus der alten Wohnung stammte und aus einer vorherigen Wohnung dorthin gekommen war und sah lautlos fern. Berna döste neben mir auf dem neuen Ikea-Sessel. Es lief ein alter Kriegsfilm. Der langhaarige, muskelbepackte junge Mann trotzte mit seinem gigantischen Schwert den Feinden. Ohne Ton sah das sehr komisch aus. Ich wechselte den Kanal, stellte den Ton lauter und schaute gedankenverloren zu, als der Ehekrach unter mir sich in ein ungemütliches Geheule steigerte, das im Wohnzimmer zu schweben begann. Plötzlich wurde es lauter.

Berna und ich horchten gleichzeitig auf, schauten uns an. Ich richtete mich auf, langte nach der Fernbedienung und stellte den Fernseher leiser, als würde ich den Tumult unter mir lauter drehen. Ich setzte mich aufrecht, sammelte mich, bekam augenblicklich einen ernsthaften Gesichtsausdruck, als stritte sich das Ehepaar direkt vor mir. Es war nicht zu verstehen, was der Mann sagte. Seine Stimme schwoll an und verebbte wie auf einer schwachen Frequenz. Klang nach Rindvieh.
Nach einigem Gekreische verschiedener Lautstärken erlitt die Frau jäh einen Nervenzusammenbruch. »Es reicht jetzt, genug, ich bringe mich um, ich bringe mich um verdammt, ich habe es satt!« Bebend und hier und da brechend hall-

te ihre Stimme wider. Am Ende zerriss ihr schönes Gesicht entzwei und enthüllte die runzelig-vergilbte Hexe mit den weißen Augen. Das Tiramisu fiel mir ein. Ich hatte es völlig vergessen.

Ich ging zum Kühlschrank. Es war noch da, wo ich es hingestellt hatte. Den Krach hörte man in der Küche viel deutlicher. Die abstoßenden Schreie der Frau schwebten über ihrem selbstgemachten Tiramisu. Ich stellte den gelben Teller auf den Küchentisch. Unten ging etwas zu Bruch. Teller möglicherweise. Aus der Schublade nahm ich Messer und Gabel. Mit einem Glas Filterkaffee machte ich mich ans Dessert. Die Frau geriet ziemlich außer Kontrolle. Sie schrie laut und weinte wie von Sinnen. Ich nahm eine Gabel voll. Es war etwas angetrocknet, schmeckte aber sehr gut. Die Küchenleuchte hatte Wackelkontakt, musste ich bei Gelegenheit reparieren lassen. Ich trank einen Schluck Kaffee, lauschte den immer entsetzlicher werdenden Schreien meiner Nachbarin und aß langsam die drei Stücke Tiramisu. Die Intensität des Kampfes unten ebbte ab und nahm wieder zu. In Harmonie mit der defekten Neonröhre über meinem Kopf. Ich kaute gleichmäßig weiter und lauschte dem Gefecht. Als das Tiramisu alle war, ging auch der Kampf zu Ende. Ich müsste beizeiten den Teller zurückbringen.

Mit dem zweiten Kaffee setzte ich mich an meinen Arbeitsplatz und recherchierte über den neuen Buchladen weiter. Ich passte den Fragenkatalog den Informationen an. Mir fielen die Augen zu, mein Kopf wurde schwer. Das war ein Bier zu viel gewesen. Ich hörte nach der ersten Hälfte der Fragen auf, speicherte die Änderungen, ging im Wohnzimmer auf und ab und sinnierte ein wenig über Nussschokoladen-Werbung, um Elif zu helfen. Mir fiel nichts Interessantes ein.

Mit dem Telefon in der Hand legte ich mich aufs Sofa. Berna sprang zwischen meine Beine und rollte sich zusammen. Eine Weile stöberte ich in den Kanälen der sozialen Medien, was mir aufs Gemüt ging. Dann drückte ich auf die Aufnahmetaste und hörte mir die Niesanfälle des Buchhändlers an, lachte über die Sinnlosigkeit meines Tuns. Das Lachen gefror auf meinem Gesicht, als ich meine eigene Stimme hörte. Die Stimme, die da »Gesundheit« wünschte, war nicht meine. Ausgeschlossen. Gewiss klingt die eigene Stimme auf Aufnahmen immer anders, aber diese war tatsächlich die Stimme eines anderen. Ich hielt die Aufnahme an und sagte laut »Gesundheit«. Berna warf mir einen »Spinnst wohl«-Blick zu. Dann hörte ich mich erneut ab. Es bestand keine Ähnlichkeit. Würde ich die Stimme des Buchhändlers nicht wiedererkennen, könnte ich eine Sprachveränderungsapp verdächtigen, die aus Versehen eingeschaltet war. Ich hielt die Aufzeichnung an. Starrte auf den Sprung im schwarzen Display. Er sah größer aus. Meine Nerven waren ziemlich angespannt. Kurz entschlossen löschte ich den Mitschnitt.

Die Tanzschule hüllte sich in Dunkelheit. Das städtische Mega-Display konnte man von hier aus zwar nicht sehen, aber das von ihm in die Nachbarschaft ausstrahlende grelle Licht schon. An der Fensterscheibe tummelten sich fünf bis sechs Stubenfliegen. Ich sollte Fliegengitter anbringen lassen. Die Arbeit an den Baustellen ruhte. Ich nahm die Zeitschrift vom Beistelltisch, aus der ich Elif über Hitlers Vegetarismus vorgelesen hatte. Die Zeitschrift lag neben dem langweiligen Science-Fiction Buch. Auf dem Cover prangte sein großformatiges Porträtfoto in schwarz-weiß. Mit der Zeitschrift, die Hitler auf dem Titelbild zeigte, erschlug ich die Fliegen. Das Geräusch scheuchte Berna auf. Die Fliegen landeten auf dem Boden. Ich warf erst die Fliegen, dann die Zeitschrift in den Müll. Hitler lag zwischen den toten Fliegen und schaute mir in die Augen. Damit dies nicht der letzte Anblick der Nacht blieb und Hitler, mit den Stubenfliegen im Schlepptau, mir nicht schon wieder im Traum erschien, schaute ich aus dem Fenster, versuchte an andere Dinge zu denken. Vor meinem geistigen Auge erschien die als Lamm geformte Butter, mit der ich heute Morgen beim Frühstück lange Blicke getauscht hatte. Ich hoffte, sie würde nicht versuchen, mir im Traum zu erscheinen.

5. Das Wasser rauschte im Bad

ich hatte nicht gewusst, dass ich den himmel mochte
ob verhangen oder ungetrübt

Nazım Hikmet: Severmişim Meğer
[Ich liebte wohl]

Steine, Ziegel, Betonstücke, Glas und Fensterrahmen dröhnten die Metallrutsche runter. Erst klang das wie eine den Himmel zerreißende Bombenexplosion. Dann wie ein rasant herannahendes unheilvolles Getöse. Und, als die Ladung im Metallcontainer landete, wie eine heftige Detonation. Dann wieder von vorn. Und wieder. Eine Stadt unter Betonbeschuss. Tänzer im demolierten Kiez wirbelten paarweise herum. Mit immer gleichen Schritten und deprimierender Schwere. Ich schloss die Augen, lag auf dem dunkelgrünen Sofa, lauschte dem Baustellenlärm und wartete auf Elif.

Das Klingeln holte mich vom Sofa. Elif hatte gute Laune, endlich war sie mit ihren Ideen für Nussschokolade erfolgreich. Ich fand ihr Verhalten etwas seltsam. Sie konnte extrem unglücklich sein, wenn ihre Ideen abgelehnt wurden und reagierte überbordend glücklich, sobald sie Erfolg hatte. Aber das konnte ich ihr nicht so gut vermitteln. Ich beließ es dabei, ihre Hochstimmung aus der Distanz zu teilen.

»Mensch, was für ein apokalyptischer Lärm!«
»Nicht wahr. So ist das jetzt tagsüber immer. Hört gleich auf.«
»Wo ist meine liebste Berna?«
»Schläft da drinnen, glaube ich. Hast du Hunger?«
»Und ob.«
»Ich bin gerade beim Kochen.«
Elif folgte mir in die Küche.

»Wir sehen uns heute Filme an, oder? Ich habe seit einer Woche keinen einzigen angeschaut, ich vegetiere nur noch vor mich hin.«

Welchen Film wir schauten, bestimmte in der Regel ich. Für jedes Genre stellte ich Listen auf. Dann sahen wir uns die Filme, sortiert nach Produktionsdatum, der Reihe nach an. Letzten Monat hatten wir die Liste »Filme im Hotel« zu Ende geschaut. Gerade waren wir bei der Liste »Filme zum Thema Verschwinden«. Jetzt war »L'Avventura« an der Reihe.
→ »L'Avventura«, 1960, Regie: Michelangelo Antonioni

Außer den Filmen, die ich mit Elif gemeinsam sah, gab es auch Listen für Filme, die ich mir allein anschaute. Zuletzt hatte ich die Liste »Filme, die an nur einem Ort spielen« zu Ende gesehen. Die aktuelle Liste »Film Noir« war sehr umfangreich. Ebenfalls nach Produktionsdatum geordnet. Eine Art Schwarze Liste. Früher war ich noch schlimmer. Als ich noch an der Uni Musikkassetten mixte, hatte ich sogar eine mit Liedern zusammengestellt, in denen das Wort Hund vorkam. Sie begann mit dem langsamen Titel »Dogs Are Everywhere« von **Pulp**, daran kann ich mich noch sehr gut erinnern. Und steigerte das Tempo mit »I Wanna Be Your Dog« von den **Stooges**. Der Rest ist mir entfallen.

Wir saßen auf dem Sofa und unterhielten uns. In der Küche köchelte unser Abendessen auf der niedrigsten Stufe des Herdes. Der Baustellenlärm hatte aufgehört. Elifs schneeweiße Füße lagen auf meinem Schoß. Ihr Nagellack war heller als Dunkelblau, aber dunkler als Blau. Ich stand auf und zog die Vorhänge zu. Ging zurück zum Sofa. Erst küssten, dann liebten wir uns. Elif lag auf mir, ihre Haare bedeckten ihr Gesicht, mein Arm berührte den Boden. Unsere Kleider, die wir gerade noch anhatten, lagen daneben.

Wir zogen uns wieder an. Ich machte die Vorhänge auf. Der leidenschaftliche Tanz der Paare im Kurs ging weiter. Der unsrige war schon vorbei. Die angenehme Musik, die Elif auflegte, harmonierte nicht mit dem Tanz von gegenüber. Ich schaute nach dem Essen und deckte den Tisch. Berna sprang auf das Sofa, auf dem wir uns gerade geliebt hatten und machte eines ihrer Nickerchen.

Wie ich Berna, alle Viere von sich gestreckt, schlafen sah, erinnerte ich mich an die Nacht, in der ich sie vom Dach rettete. Nachdem ich sie gefüttert hatte, schlief sie genau in derselben Position auf demselben Sofa beinahe zwei Tage durch. In der alten Wohnung. Ich wohnte damals im obersten Stock. Es regnete in Strömen. Von oben war das Miauen eines Kätzchens zu hören gewesen. In voller Lautstärke. Ich benachrichtige den Hauswart. Es kümmerte ihn aber nicht. Er sagte etwas wie: »Das passiert schon hin und wieder, kann man nichts machen«. Als sei es ganz normal, wenn eine Katze auf dem Dach festsitzt. Verärgert kehrte ich zurück in die Wohnung. Als ich versuchte, selbst aufs Dach zu steigen, verstand ich, warum der Mann nicht helfen wollte. Mehrfach vom Absturz bedroht, stieg ich die morsche Leiter hinauf. Meine Handinnenflächen pochten vor Schmerz. Ich zog mir fast eine Rippenprellung zu, als ich aufs Dach kroch. Dort lag Berna. Sie war so winzig. Durchnässt. Sie zitterte voller Dreck und Angst. Das Dach war furchtbar steil und rutschig. Nasse Dachziegel bewegten sich unter meinen Füßen. Es blitzte ohne Unterlass. Nur zwei Dinge waren aus der alten Wohnung hierhergekommen: Berna und das dunkelgrüne Sofa, auf dem sie schlief.

Wir waren mit dem Film spät dran. Als er zu Ende ging, war es drei Uhr. Wir legten uns schlafen. Da Berna zu meinen Füßen lag, rutschte ich auf Elifs Seite rüber. Ich fand keinen Schlaf. Die Schlaflosigkeit wiederholte sich fast jede Nacht, dennoch konnte ich mich nicht daran gewöhnen. Jede Nacht wie eine Krankheit, die mich innerlich verzehrte. Das ging schon seit Jahren so: Ich werde müde und gehe ins Bett und finde keinen Schlaf. Stundenlang, mitunter bis zum Morgengrauen. Habe aber auch keine Energie aufzustehen. Liege reglos da.

Nach einer Weile vergesse ich, wie ich früher hatte schlafen können. Manchmal fühle ich den Schlaf nahen. Ein Kribbeln erfasst meinen Körper. Kaum sage ich mir: »Ah, es ist so weit«, bin ich wieder putzmunter. Irgendwann falle ich dann wie ohnmächtig in den Schlaf. Die flüchtigen Momente, in denen ich schlafe, sind voll von sinnlosen, ermüdenden und nervtötenden Träumen. Tagsüber döse ich dann immer wieder weg.

Nicht schlafen können, während neben dir jemand liegt, ist unangenehmer als schlaflos und allein. Neben mir lag Elif, zu meinen Füßen Berna. Ich hatte das ausgeblichene T-Shirt von **Nine Inch Nails** an. Meine Stimme auf der Tonaufnahme fiel mir wieder ein. Vielmehr die heisere, fremde Stimme, die statt meiner gesprochen hatte. Ich verspannte mich auf der Stelle. »Hätte ich sie bloß nicht gelöscht«, dachte ich, »ich hätte sie Elif vorspielen und sie nach ihrer Meinung fragen können.« Dann aber dachte ich, »Gut, dass ich sie gelöscht habe.« Weil es mich beunruhigen würde, könnte Elif doch meinen, die Stimme gehöre jemand anderem.

Ich hatte vergessen, die Gardinen zuzuziehen. Vom Bett aus sah ich das fließende digitale Textfragment: »…schütze uns vor Höllenqualen…« Es war die Inschrift zwischen den beiden Minaretten der Moschee hinterm Haus. Vom Fenster aus waren die Minarette nicht zu sehen, nur die Inschrift. Die Sätze irrten durch das Nichts.

Im Traum befand ich mich in einer Hölle voller gigantischer Tiere aus Butter. Sie waren konturlos, halb geschmolzen. Einige waren miteinander vermengt. Aus der Ferne erhob sich ein endloses Niesen. Später klang es wie zerreißendes Papier, wie wenn eine unsichtbare Hand die Seiten eines Buches einzeln herausreißt. Die Tiere bedrängten mich. Ich versuchte ihnen auszuweichen und zu jemandem zu gelangen, der mir ähnelte. Ich umging die verschmelzenden Tiere von rechts und links, von vorn und hinten, lief dazwischen und hindurch. Lief stundenlang und konnte ihnen nicht entkommen.

Als ich morgens erwachte, lag nur Berna im Bett. Sie putzte sich der Länge nach das Fell. Das Wasser rauschte. Elif musste im Bad sein. Als sie aufschrie, war ich mir dessen sicher. Es lag an der Heizanlage. Das heiße Wasser wurde plötzlich eiskalt. So hinterrücks und rasch, dass du zu Eis erstarrst, bevor du den Duschkopf wegdrehen kannst. Das Duschen wurde zum Alptraum. Müsste ich mal reparieren lassen. Ich grinste vor mich hin, über Elifs Gekreische. Wenn es mir passierte, schrie ich genauso, war genervt und fand das auch nicht lustig. Wahrscheinlich hätte auch Elif über mein Geschrei gelacht. In diesem Moment, da war ich mir sicher, lachte sie nicht. Harmlose Katastrophen waren nur witzig, wenn sie anderen widerfuhren.

Ich stand auf und bereitete das Frühstück. Die Sonne schien hell. Ich öffnete das Fenster und schaute auf die Grünfläche aus Salatköpfen. Die Katze des Elektrikers stand vor der Tür. Ihr Fell war struwwelig, wie vom Stromschlag. Die Baustellen schwiegen. Wir hatten Glück. Das Frühstück war fertig. Erst kam Elif, dann Berna. Berna steuerte auf den Napf am Boden zu, Elif setzte sich mir gegenüber. Für einen Augenblick stellte ich mir das andersherum vor und schauderte. Ich trank einen Schluck Tee und nahm mich zusammen.

»Kahraman, ich bitte dich, lass diese Dusche reparieren, es hat mich wieder kalt erwischt. Ich dachte, jetzt würde ich draufgehen.«
»Ja, ist furchtbar. Ich kümmere mich darum.«

Elif checkte ihre Nachrichten, machte Musik an und verband das Telefon mit dem Lautsprecher. Das Album »Under The Table and Dreaming« der **Dave Matthews Band**.
»Super, genau die richtige Musik zum Frühstück...«
»Klassifizierst du die Bands jetzt nach den Mahlzeiten?«

»Keine Ahnung. Mir war gerade so. Sie ist energisch, fickt aber nicht das Hirn. Eine Zeitlang habe ich diese Band oft gehört. Besonders dieses Album. Auf dem Cover war ein Riesenrad oder so etwas. Hatte der nicht AIDS gehabt?«
»Der Sänger?«
»Ja, es stimmte mich so traurig beim Hören, weil ich glaubte, er würde bald sterben. Mir schien, als sänge er mit dem letzten Atemzug. Seitdem sind wohl fünfzehn Jahre vergangen und sie bringen noch immer Alben raus«.
»Vielleicht hat der arme Mann es besiegt.«
»Besiegt beim Frühstück.«
»Manche deiner Witze begreife ich nicht mehr.«
»Ich auch nicht.«
»Berna, komm mein Mädchen, ich red' lieber mit dir, dein Papa spinnt wieder.«
»Ich bin ihr Bruder, nicht der Vater. Jedenfalls denkt sie das, auch wenn ich sie meine Tochter nenne.«
»Stimmt das, liebste Berna?«
»Montag bin ich bei meiner Großmutter.«
»Wie geht es ihr so?«
»Wie immer halt.«
»Wir sollten sie mal zusammen besuchen.«
»Lieber nicht, sie erkennt ja mich kaum noch.«
»Und, was werdet ihr unternehmen?«
»Den traditionellen Montagsspaziergang.«

6. Ich entschied mich für den Feind

Die Tage sind kürzer geworden...
Die Alten in Kanlıca
Erinnern sich noch
an die vergangenen Herbsttage.

Yahya Kemal Beyatlı: Eylül Sonu
[Septemberende]

Traditionelle Montagsspaziergänge. Mit meiner Großmutter. In den letzten fünf oder sechs Monaten fast jeden Montag. Auf die denkbar langsamste Art und Weise der Fortbewegung, die Menschen überhaupt möglich ist. Mit dem geringstmöglichen Tempo. Meist nebeneinander. Hand in Hand, oder Arm in Arm. Entlang der Uferpromenade in Caddebostan, nicht weit von ihrer Wohnung entfernt. Für eine Strecke, die ich normalerweise in sieben Minuten laufen würde, brauchten wir eine, manchmal auch anderthalb Stunden. Als ob wir jederzeit anhalten würden und machten doch keine Pausen. Meist ohne zu reden. Extrem langsames Gehen, ohne einen Mucks. Wie eine Therapieeinheit. Wobei bereits die Hälfte der Strecke ausreichte, dein Leben zweimal infrage zu stellen.

Aufgrund einer Abrissverfügung musste sie einige Jahre nach dem Tod meines Großvaters in diese neue, kleinere Wohnung ziehen. Mit ihrer Haushaltshilfe zusammen lebt sie seit fünfzehn Jahren in dieser Wohnung, die sie noch immer nicht mag und an die sie sich nicht gewöhnen kann. Seit ein paar Jahren erinnert sie sich an niemanden und erkennt keinen außer mir.
Mitunter vergisst sie auch mich und was ich mache. »Du studierst also, wie?« fragt sie mich. »Kein Studium, Großmutter, das habe ich doch vor Jahren abgeschlossen,« antworte ich.

Darauf geht sie nicht ein. Zeitweise vergisst sie nicht nur, was ich mache, sondern mich ganz und gar. Ihr Gesicht wird leblos, ihre Augen ermatten. Jemand anders bricht aus meiner Oma heraus. Wie eine begnadete Schauspielerin verwandelt sie sich sekundenschnell in einen völlig anderen Menschen. »Wessen Sohn warst du noch mal?«, fragt sie. Darauf kann ich dann nicht reagieren. Nach kurzer Zeit vergisst sie ihre Frage genauso schnell wie sie auch mich vergessen hat. Weder Frage noch Antwort existieren noch. Wir gehen weiter.

Unser Spaziergang verlief diesmal gut. Es war einer dieser Tage, an denen Oma nicht mich vergaß, sondern das, was ich tat. Sie hatte einigermaßen gute Laune. Es war nicht klar, ob ihr Lächeln ein Zeichen von Glück war oder das Ergebnis einer Grimasse, die sie zog, weil die Sonne sie blendete. Die Mimik ihres müden Gesichts blieb vage, weil sie ihr keinen verbalen Ausdruck verlieh.
»Heute ist schönes Wetter, nicht wahr Großmutter?«
»Ja, schön. Sehr schön sogar. Welchen Monat haben wir jetzt?«

Ich wusste keine Antwort auf diese einfache Frage, die meine Großmutter nur so gestellt hatte. Einen Moment lang konnte ich mich nicht erinnern, welcher Monat war. Ich wusste zwar, dass es Montag war, hatte aber keinen blassen Schimmer, welcher Monat. Je mehr ich darüber nachdachte, desto verwirrter wurde ich. Ich wusste nicht nur nicht, in welchem Monat wir uns befanden, auch die Namen der Monate waren in meinem Kopf heillos durcheinandergeraten. Die Buchstaben waren vom Winde verweht, von der Sonne geschmolzen, vom Schnee bedeckt und unleserlich geworden. Ich konnte mich nicht erinnern. Großmutter hakte nicht nach. Wahrscheinlich hatte sie ihre Frage vergessen, weil die Antwort auf sich warten ließ. Ich konnte mir dessen aber nicht ganz sicher sein. Vielleicht hielt sie den Atem an und wartete auf die Antwort. Zum ersten Mal war die Stille zwischen uns unangenehm. Mit einer von der Zeit losgelösten Langsamkeit gingen wir Seite an Seite weiter.

Als ich aufhörte, panisch nachzudenken, kam die Antwort wie von selbst. Wir hatten Juni. Seltsam nur, dass ich, statt erleichtert darüber zu sein, meinen Platz im Kalender wieder gefunden zu haben, das Gefühl der Sinnlosigkeit in mir nicht loswurde, als ich mich erinnerte. Ich blickte zu Großmutter. Ihr wegen der Sonne in Falten gelegtes Gesicht war in die Ferne gerichtet. Da sich ihre Frage inzwischen erübrigt hatte, verzichtete ich darauf, ihr zu sagen, welchen Monat wir hatten.

Wir hatten erst die Hälfte unseres Spazierganges geschafft. Der Wohnblock, auf den wir zuhielten, hatten wir seit einer halben Stunde im Blick. Er würde sich noch eine weitere halbe Stunde in unserem Blickfeld befinden. Es war, als ob wir nicht gehen könnten, als ob wir ins Leere treten würden. Gegen Abend würde Großmutter unseren heutigen Spaziergang vergessen haben.

Unser traditioneller Montagsspaziergang war zu Ende. Wir gingen zusammen nach Hause. Gerade als ich mich an der Tür verabschieden wollte, sagte Großmutter »Komm rein, ich gebe dir Geld« und lief mit einer enormen Langsamkeit ins Schlafzimmer. Ich musste mich wohl oder übel ins Wohnzimmer setzen. Da ihr inzwischen der Bezug zum Geld abhanden gekommen war, gab es in der Regel nur Kleingeld. Ihre Haushaltshilfe, eigentlich ihre Pflegerin, wandte den Blick ab und bot Tee an. Ich lehnte ab. Sie kehrte in die Küche zurück.

Die Anrichte im Wohnzimmer war überladen mit achtlos arrangierten Fotografien. Ruhmreiche Erinnerungsstücke, mitgebracht aus der alten Wohnung. Ein Foto vom Großvater beim Militär. Ein anderes von der Hochzeit mit der Großmutter. Meine Eltern, als glückliche Familie posierend, aus der Zeit, als sie noch zusammen waren. Ein großformatiges Kindheitsfoto von mir, das mich nervös machte, statt mich emotional zu berühren. Auf dem Foto schaute ich wie eine Kuh. Dann fiel mein Blick auf ein anderes Foto. Ein kaffeebraunes Porträtfoto, wie ein vergrößertes Passbild. Wer das wohl war? Das Gesicht auf dem Foto, das jahrelang der Sonne ausgesetzt war, war fast konturlos. Die vage angedeuteten Augenbrauen, in etwas dunklerem Braunton die ausdruckslosen Lippen. Ein alter Verwandter, an den sich Großmutter nicht mehr erinnerte.

Das Wohnzimmer hatte zwei Fenster, eines mit Meerblick. Das andere blickte auf eine triste, schmale Gasse, die aussah wie Betonschlamm. Großmutter hatte ihren Sessel an das Fenster mit dem Ausblick auf die Gasse gestellt. Auf den ersten Blick ist es nicht nachvollziehbar, dem Meer den Rücken zu kehren und auf die Straße zu schauen. Denkt man darüber nach, liegt der Grund auf der Hand. Statt auf die, mit dem Auge nicht zu erfassende Weite des Meeres zu schauen, die an die Beklemmung des nahenden Todes erinnert, war es tröstlicher, hin und wieder Menschen auf der Straße zu sehen und sich daran zu erfreuen. Besonders dann, wenn Jugendliche, Kinder und Babys im Kinderwagen dort unterwegs waren, Kleinkinder laufen lernten, Schulkinder spielten, Verliebte sich trafen und Berufstätige zur Arbeit unterwegs waren. Es waren Ausschnitte aus dem Leben meiner Großmutter. Aus der Vergangenheit. Gar nicht so einfach, nicht auf diese, sondern auf das unendliche Meer zu blicken, das dort lauert.

Großmutter kam mit fünfzehn Lira zurück. Ein zerknitterter Zehner und ein verfärbter Fünfer.
»Hier nimm, damit du nicht verarmst.«
»Danke, Großmutter.«
»Steck es in die Geldbörse, verliere es bloß nicht.«
»Keine Sorge, werde es schon nicht verlieren.«
Das Kind-Ich auf dem Foto lachte dämlich. Damals war das gutes Geld, heute reichte es nicht mal für das Taxi nach Hause.

Ich verließ die Wohnung und rettete mich im Laufschritt auf die Straße. Die Bağdad-Straße war zugepflastert mit Aushängen: »zu verkaufen«, »zu vermieten«. In den meisten Läden herrschte Leerstand. Die dunklen Schaufenster waren verstaubt, die verlassenen Schaufensterpuppen nackt und zerbrochen. Eins von vier oder fünf Gebäuden wurde zwecks Neubau abgerissen. Ich rief meinen Vater in Deutschland an. Nach der Scheidung von meiner Mutter war er geschäftlich Düsseldorf gewesen und blieb dort, kam vielleicht einmal im Jahr zu Besuch, oder auch nicht. Seine Stimme klang müde. Dass seine Besuche seltener wurden, lag sicher auch daran, dass seine Mutter sich nicht mehr an ihn erinnerte. Auch wenn er sie nicht so oft sehen konnte, hing er sehr an ihr. Ich erstattete meinen traditionellen Montagsbericht. Er fragte, ob ich seinen Freund, den Generaldirektor der Kunststofffabrik angerufen hätte, in der er mich unterbringen wollte. Ich sagte, dass ich derzeit keinen Job bräuchte, erzählte von meinem Buchprojekt, betonte dabei dessen Seriosität. Er nahm es nicht ernst. Er war mit den Gedanken noch bei der Kunststofffabrik. »Wie du willst mein Sohn, aber du hast gute Sprachkenntnisse, der Verdienst ist sehr gut,« fing er wieder an. Nur um das Thema zu beenden, versprach ich dort anzurufen, wenn es Probleme mit dem Buchprojekt geben sollte.

Ich setzte die Kopfhörer auf und hörte Musik über das Telefon. Ich machte einen langen Spaziergang, um wieder mein eigenes Tempo zu spüren. So langsam fanden meine Beine zu sich selbst zurück. Das Telefon spielte die MP3s im Speicher wirr durcheinander ab. Eigentlich hasste ich es, Musik übers Telefon zu hören, hatte es aber bisher nicht geschafft, mir ein anderes Gerät zu besorgen, ich war zu faul dazu. Ich hasste es, weil ich die Zwischenbotschaften nicht zu deaktivieren wusste. Ständig unterbrechen sie die Musik mit Firmenglückwünschen und Verkaufskampagnen. Die Atmosphäre von **Joy Division** wird durch Supermarkt-Angebote zerstört, die Melancholie von **The Smiths** durch die erleichterte Stundung der Kreditkontoabrechnung. Die Ironie von **Pulp** wird durch günstige Kosmetik vergiftet und Preisnachlässe von weiß ich wie viel Prozent bei Textilien katapultieren dich aus der Tiefe von **Suede** an die Oberfläche und verursachen unkontrollierten Druckabfall.

Trotz der Mitteilungsflut fühlte es sich gut an, einen langen Spaziergang zu machen und Musik zu hören. Auch mein Verstand funktionierte wieder normal. Ich betrachtete die Menschen, die die Schaufenster betrachteten, und ging weiter. Ich schlängelte mich zwischen den Kinderwagen durch, die den Bürgersteig einnahmen und überholte ein junges Paar, das sich stritt. Beide hielten weiße Starbucks-Becher von der Größe eines Papierhandtuchs in der Hand. Der Mann fing an, die Frau anzubrüllen. Im Mund schmeckte ich das Tiramisu. Ich drehte mich nicht nach ihnen um. Ich musste den gelben Teller zurückgeben.

Als ich am Spielzeugladen vorbeikam, der auf dem Weg lag, fielen mir die He-Man-Figuren im Schaufenster ins Auge. Dieses Stück blonde Plastik, das wir frei übersetzt »ein ganzer Kerl« nennen können, war das Lieblingsspielzeug meiner Kindheit. Er war lange von der Bildfläche verschwunden, wurde also neu aufgelegt. Das Design hatte sich auch verändert. Es war die neue Version von »Masters of the Universe«.

Früher kam ich aus der Schule und setzte mich vor den Zeichentrickfilm, ohne die Schuluniform auszuziehen: »Bei der Macht von Grayskull – Ich habe die Kraft!« Die Spielzeugfiguren waren irrsinnig teuer, und in unserem Land gab es nur die Hauptfiguren zu kaufen. Ich lag den Eltern damit ständig in den Ohren. War es mein Geburtstag oder Silvester, ich weiß es nicht mehr, endlich sollte ich meine erste Figur bekommen. Meine Entscheidung stand schon fest: Es sollte He-Man selbst sein. Die Wahl der zweiten Figur hingegen, die Monate später gekauft werden sollte, fiel mir deutlich schwerer. Im Spielzeugladen waren nur der treue Freund des Helden, seine Geliebte, sein Feind und dessen schmieriger Handlanger im Angebot. Nähme ich den Freund, würden die beiden Freunde zu Hause friedlich abhängen. Entschied ich mich für seine Geliebte, würden sie erst Flitterwochen feiern und sich dann als Familie in der Wohnung breitmachen. Ohne den Feind wäre sein Handlanger bedeutungslos. Ich entschied mich für den Feind. Für Skeletor. Von wegen kindliche Unschuld! Ein berühmter Satz lautet: »Der Faschismus beginnt mit der Beziehung zwischen zwei Menschen«. Erst mit der Beziehung zwischen diesen beiden Spielzeugfiguren zogen Faschismus, Krieg und Zerstörung in mein Zimmer ein. Sie blieben eine ganze Weile allein und fochten einsame Kämpfe aus.

Es waren meine Großeltern, die dieser Einsamkeit ein Ende setzten. Vor sehr langer Zeit waren sie unterwegs auf einer Rundreise im Fernen Osten. Diese Spielzeuge, die hier immens teuer und nur in kleiner Auswahl auf dem Markt erhältlich waren, waren auf der Reiseroute meiner Großeltern spottbillig und wurden als kompletter Satz verkauft. Wahrscheinlich wurden sie dort hergestellt. Meine Großeltern kannten meine Leidenschaft für diese Spielfiguren. Als sie diese dort entdeckten, riefen sie Mutter an, um sich zu vergewissern. Ich erinnere mich, als wäre es gestern gewesen, wie meine Mutter meinem Großvater am Telefon »Masters of the Universe« buchstabierte, damit sie es nicht mit einer anderen Spielzeug-Serie verwechselten. Ich hatte den Atem angehalten und zugehört, als ob es Spielzeuge vom Himmel regnen würde, sobald sie mit dem Buchstabieren aufhörte.

M wie Manisa,
A wie Adana,
S wie Sivas,
T wie Trabzon,
E wie Edirne,
R wie Rize,
S wie Samsun,
O wie Ordu,
F wie Fatsa,
T wie Trabzon,
H wie Hakkari,
E wie Edirne,
U wie Urfa,

N wie Niğde,
İ wie İzmit,
V wie Van,
E wie Edirne,
R wie Rize,
S wie Samsun,
E wie Edremit.

Ja, so lange hatte ich den Atem angehalten. Für die Dauer dieses beschleunigten Buchstaben-Ritts durch türkische Städte, der mir die in Amerika entworfenen und in China hergestellten Figuren bringen würde.

Durch das Telefon-Alphabet meiner Mutter wurden die Spielzeuge verifiziert und gekauft. Über Nacht bevölkerten eine Menge He-Man-Charaktere, die ich nicht einmal in Zeichentrickfilmen gesehen hatte, mein Zimmer. Ich war kurz vorm Durchdrehen vor Glück. Es war seltsam, fast unmöglich, dass die alte Frau, die ich gerade zurückließ, dieselbe Frau war, die mir diese Spielsachen von einer Reise in den Fernen Osten mitgebracht hatte. Meine Erinnerungen, die mit dem Lied »Triumphant« von **Röyksopp** eine gewisse Tiefe erlangt hatten, wurden durch den Tankrabatt von 25 % beim Tanken über hundertfünfzig Türkische Lira jäh unterbrochen.

Ich lief nonstop bis Kadıköy. Es war noch eine Stunde hin bis zum Interview mit dem Besitzer des Plattenladens in der Barlar-Straße, in der die Reklameschriften für Tattoos und Tantuni-Wraps ineinander übergingen. Einen Moment lang konnte ich mich nicht erinnern, wo sich der Laden befand. Ich war seit Jahren nicht mehr dort gewesen und hatte das Treffen telefonisch vereinbart. Wie bei jedem Treffen, zu dem ich frühzeitig erschien, erkundete ich auch jetzt als Erstes meinen Zielort. In solchen Momenten fühle ich mich wie ein Attentäter, der aus der Ferne den Ort anpeilt, ausspioniert und sich im Rückwärtsgang wieder entfernt.

An dem staatlich lizenzierten Tabak- und Getränkekiosk mit dem blauen Reklameschild, auf dem der Schriftzug *Efes Pilsen* auf Anordnung entfernt worden war, bog ich um die Ecke, setzte mich in eines der Cafés am Ende der Straße und bestellte Kaffee. Auf dem Tisch lag ein Boulevardblatt. Ich blätterte darin und überflog die Berichte. Bei einem Bericht über einen Mordfall fiel mir das Bild des Opfers auf. Es lächelte. Der Kaffee kam. Dass Menschen auf den Fotos in den Todesnachrichten lächelten, lag daran, dass sie bei der Aufnahme des Fotos nicht ahnten, dass es eines Tages bei ihrer Todesnachricht verwendet werden würde. Vielleicht sollten für den Einsatz bei solchen Nachrichten präventiv passende Fotos gemacht werden. Zum Beispiel mit dem Gesichtsausdruck: »Ich wurde Opfer eines grauenhaften Mordes« oder »Ich bin tot.«

Ich faltete die Zeitung zusammen und nahm das Buch mit den Autorenbiografien aus dem Rucksack. Das Geschenk aus dem Buchladen, der bald schließen würde. Mit diesem Buch in der Hand hatte ich am Sonntag den Laden verlassen und fand gleich einen anderen Buchladen. Dann hatte ich die Fragen, die auf den Buchladen zugeschnitten waren, der seit zwanzig Jahren existierte, dem neuen Buchladen angepasst, der seit zehn Jahren bestand. Dennoch war das Gespräch gut verlaufen. Der Mitschnitt musste noch verschriftlicht werden. Ich verkrampfte mich, als ich an meine Stimme auf dieser neuen Aufnahme dachte, dieselbe fremde Stimme. Ich wollte auch diese Aufzeichnung so schnell wie möglich loswerden.

Ich schlug die Seite über Franz Kafka auf und fing an zu lesen. Der Text enthielt vertraute Details, bis ich in der Seitenmitte über einen Satz stolperte: »Kafka promovierte 1906 in Jura und absolvierte beim Prager Staatsgerichtshof ein Praktikum.« Das musste das nützlichste und wertvollste Praktikum der Welt gewesen sein.

Als ich den Plattenladen verließ, war ich sehr müde. Dennoch raffte ich mich auf und schaute bei dem historischen unabhängigen Kino in der Nähe vorbei. Ich erzählte von meinem Buchprojekt und wurde nach hinten weitergeleitet. Ich durchlief einen mit Filmplakaten vollgehängten Korridor und betrat einen kleinen Raum. Man sagte, dass ich etwas warten musste. Der Geschäftsführer sei gerade beim Essen und würde gleich zurück sein.

Ich saß in dem kleinen Zimmer, dessen vier Wände vom Boden bis zur Decke mit Holz verkleidet waren, so, als befände ich mich in einem riesigen leeren Kleiderschrank. »Ob ich die Autorenbiografien weiterlesen soll, während ich warte?«, dachte ich und saß doch nur tatenlos da. Etwas später öffnete sich die Holztür des Holzzimmers knarzend einen Spalt, als ob eine riesige Hand hineingreifen und nach den Kleidern fassen wollte. Es war der Geschäftsführer, ein älterer Mann. Wir stellten uns einander vor. Er nahm an seinem Schreibtisch Platz und fragte, ob ich Tee oder Kaffee wolle. Ich lehnte dankend ab und fasste mein Anliegen zusammen. Er hörte mit Interesse zu. Seine Augenbrauen waren buschiger als sein Schnauzbart. Durch die schneeweißen Büsche schaute er wie ein müdes, aber wildes Tier. Als ich zu Ende geredet hatte, behielt er noch eine kurze Weile diesen Blick bei. Die Zeit schien still zu stehen. Dann willigte er ein, beim Buchprojekt mitzumachen. Ich bedankte mich bei ihm und sagte, ich würde bei nächster Gelegenheit mit dem Fragenkatalog kommen. Wir vereinbarten einen Termin.

Ich ging zur Anlegestelle und nahm die Fähre nach Beşiktaş, stieg auf das Obergeschoss und nahm am Fenster Platz. Die Fähre setzte sich ruckartig in Bewegung. Ich heftete meine Augen auf das Festland, von dem wir uns gerade entfernten. Der Plattenladen war erledigt, der Buchladen auch. Jetzt stand die historische Konditorei in Beyoğlu an, einer der Glanzpunkte des Buches. Dann war das Kino in Kadıköy dran, mit dem ich vorhin einen Termin vereinbart hatte. Ich hatte Lust, mit Elif zu telefonieren, mochte sie aber nicht bei der Arbeit anrufen und ließ es sein. Ich beschloss, zu Hause angekommen, als Erstes einen Gin Tonic mit Eis und Zitrone zuzubereiten.

7. Vor dem Einschlafen

Schlafen,
und denken, ich sei auf der letzten Fähre…

Sait Faik Abasıyanık: Kırda Bir Öğle Uykusu
[Ein Mittagsschlaf auf dem Lande]

Zu Hause angekommen, brühte ich mir einen starken Filterkaffee auf. Der Abrisslärm kam von links und rechts und erschütterte das Wohnzimmer gewaltig. Hier der Betonregen, dort die Kariesbehandlung an einem gigantischen Zahn. In der Wohnung gegenüber tanzten die Paare mit enervierender Ernsthaftigkeit. Ich starrte auf diese leidenschaftliche Szene, an die sich meine Augen nicht gewöhnen konnten. Als sähe ich sie zum ersten Mal. Es sah beängstigend aus und zugleich albern. Den Gesichtern der Tanzenden haftete ein Ausdruck von Wahnsinn an, der einen erschreckte. Ihre Bewegungen sahen so irrsinnig aus. Und sie tanzten in einer solchen Balance, dass weder ihre Albernheit ins Lächerliche kippte noch der sich deutlich abzeichnende Schrecken mir im ganzen Ausmaß Angst einjagte. Mit einer Geschicklichkeit, die es schwierig machte, sich dagegen zu stellen, präsentierten sie ihre Figuren auf Messers Schneide. Auf dem schmalen Grat zwischen Wahnsinn und Dummheit.

Berna bewegte sich mit bedarfsgesteuerten Manövern zwischen meinen Beinen. Ich wandte den Blick vom Figurentanz ab und richtete ihn auf den Futternapf. Er war leer. Ich stellte den Kaffeebecher auf die Arbeitsplatte und öffnete den Küchenschrank. Katzenfutter war alle. Ich musste raus und welches besorgen, war aber viel zu faul. Erst den Kaffee austrinken, dachte ich, setzte mich auf das dunkelgrüne Sofa, trank Kaffee ohne irgendwelche Gedanken und betrachtete die Tanzenden. Wieder zuckte mein linkes Auge. Das Zusammentreffen des routinemäßigen Tanzablaufs und der auf mir lastenden Müdigkeit des Hin-und-her-Gerennes des ganzen Tages streckte mich auf dem Sofa nieder.

Als ich aufwachte, fand ich mich in der Finsternis des Wohnzimmers wieder. Der Baulärm hatte aufgehört, die Tänze waren vorbei. Ich richtete mich auf und schaute auf das Telefon mit dem zersprungenen Display. Es war schon nach Mitternacht. Mein Nacken war versteift, als befände sich dort ein Stein, so groß wie mein Nacken. Wie konnte ich nur eingeschlafen sein? Und niemand hatte angerufen. Wenn ich zu so ungewöhnlichen Zeiten aufwache, beschleicht mich immer das gleiche Gefühl, als wäre draußen eine Bombe lautlos aus der Tiefe explodiert und ich wäre ganz allein auf der Welt. Um dieses Gefühl abzuschütteln, rief ich Elif an, erzählte ihr, wie ich blöderweise eingeschlafen war. Es tat gut, mit ihr zu reden. Als ich auflegte, hatte ich Blickkontakt mit Berna. Sie warf mir einen Blick zu, der so unmissverständlich an das Katzenfutter erinnerte und mein Gewissen peinigte. Ich stieg schuldbewusst in meine Schuhe.
«Warte mein Mädchen, ich bin gleich mit deinem Futter zurück.«

Ich trat hinaus in das dunkle Wohnviertel, wo nichts leuchtete außer das grelle Licht des städtischen Mega-Displays. Darauf war die Aufführung einer Kinderfolkloregruppe zu sehen. Wegen toter Pixel auf dem Bildschirm waren die Gesichter einiger Kinder erloschen. Ich lief zwischen dem geparkten Kran und dem Wasserwerfer auf die Straße. Ich war noch ganz benommen, wurde einfach nicht wach. Das dritte der um diese Zeit geöffneten Geschäfte bejahte meine Frage »Haben Sie Katzenfutter?« Endlich.
»Dort, ganz hinten, Abi.«
Ich ging nach ganz hinten. Das Katzenfutter stand nicht weit vom Rattengift und den Insektensprays. Ob die Spinne in Elifs Wohnung wohl tot war? Es gab kein Trockenfutter, ich musste notgedrungen Nassfutter kaufen. Ich nahm eines der

letzten drei magentafarbenen Packungen und las: *Katzenfutter mit Kaninchenfleisch.*
»Gibt es keine andere Sorte?«
»Nur was da ist, Abi.«
Es gab keine andere Sorte, ich musste es kaufen. Ich steckte die Hand in die Tasche und fand den zerknitterten Zehnlirasschein von Großmutter.
»Hier, zieh mal eins ab.«

Ist jemand, der Katzenfutter aus Kaninchenfleisch kauft, ein Tierfreund? Oder ist das eine andere Art von Rassismus? Ist nicht auch das Gegenteil denkbar, Kaninchenfutter mit Katzenfleisch? Vor meinen Augen sah ich die Packungen mit Rattengift und Insektiziden neben dem Katzenfutter. Alles, was man zum Füttern oder Töten von Tieren brauchte, lag im hintersten Regal des Lebensmittelgeschäfts beieinander. Damit könnte man sie füttern oder ihr Blut vergiften und so für ihren friedlichen Schlaf sorgen. In gewisser Weise kreuz und quer: Kaninchenmedizin. Katzengift. Mäusefutter.
Wegen einer Störung war die Folkloreaufführung auf dem Mega-Display eingefroren. Wie vom Stromschlag getroffen waren die Kinder mit in die Höhe gestreckten Armen in der Dunkelheit hängen geblieben. Zwischen dem Kran und dem Wasserwerfer hindurch ging ich zurück nach Hause.

Berna rührte das Futter nicht an. Mein Mädchen entpuppte sich als Kaninchenfreundin. Im Küchenschrank war auch nichts. Mit einer »Ich ficke das Futter, das du kaufst«-Miene ging sie zum Trinknapf, suchte Trost im Wasser, trank vor lauter Wut die ganze Schale leer. Gleich morgen früh musste ich als erstes ihr gewohntes Futter kaufen. Für den Moment gab es nichts weiter zu tun.
Ich ging ins Wohnzimmer. Ich fühlte mich träge, weil ich vom späten Nachmittag bis Mitternacht geschlafen hatte. Ich war nicht benommen, hatte aber keine Energie, etwas zu unternehmen. Ich tat das Undenkbare, was man in solchen Momenten tunlichst lassen sollte: Ich schaltete den Fernseher ein. Gerade lief die Werbung für Direktmarketing. »Liebe

Zuschauer, wenn Sie Ihre Vorhänge nach dieser Methode anbringen, werden Sie niemals Schmerzen haben.«

Ich bewegte meinen steifen Nacken schmerzvoll eine Umdrehung und starrte wie ein Zombie auf den Bildschirm. So hätte ich bis morgen starren können, dachte aber, ich sollte mir wenigstens einen Film ansehen und wählte den nächsten Film auf meiner Film-Noir-Liste aus: »Der Dritte Mann«.
→ »The Third Man«, 1949, Regie: Carol Reed

Etwas später gesellte sich auch Berna zu mir, sprang auf mich und kletterte auf meine Brust. Nachdem sie eine kurze Weile den Bildschirm angeschaut hatte, schloss sie die Augen. Sie versank in den Schlaf und ich in den Film.

Als der Film zu Ende ging, setze bereits die Dämmerung ein. Endlich war ich müde. Ich schleppte mich ins Bett und ließ mich fallen, mit dem was ich anhatte, ohne ein Schlafshirt anziehen zu können. Zwischen den zwei Minaretten flog der Text in der Luft, war unleserlich und schien rückwärts zu fließen. Das kam wohl von der Müdigkeit. Binnen einer halben Stunde fiel ich wie ohnmächtig in den Schlaf. Ich wachte beinahe auf, als Berna, die mir mit einigen Stunden Verspätung gefolgt war, ans Fußende sprang. Gerade wie ich in den Schlaf zurücksinken wollte, fühlte ich eine Nässe an meinem Fuß. Als ich die Nachttischlampe anknipste, sah ich, dass die Katze ein totes Kaninchen im Maul hatte. Mein Fuß war feucht vom warmen Kaninchenblut. Maul und Nase blutverschmiert, die Augen transparent von einem außerirdischen Glanz, legte Berna das zerfetzte Kaninchen zu meinen Füßen ab und entfernte sich. Mit Entsetzen betrachtete ich das Gesicht des toten Kaninchens. Sein Kopf war kurz davor, abzufallen. Plötzlich öffnete es die Augen. Sie waren knallrot.

Ich schrak hoch und wachte auf. Ich war im Bett. Das Zimmer war von Sonnenlicht durchflutet. Ich war zu faul, um aufzustehen und die Vorhänge zuzuziehen. Liebe Zuschauer, wenn Sie Ihre Vorhänge nach dieser Methode anbringen, schonen Sie Ihren Rücken. Ich zog meinen Fuß zurück, der sich aus der Bettdecke herausbewegt hatte, und schlief weiter. Großmutters Frage: »Welchen Monat haben wir jetzt?«, klang in meinem Ohr wie aus einer Unterhaltung vor Monaten, gar vor Jahren. Dabei hatte sie mich das erst heute Morgen gefragt. Dass es heute Morgen war, schien mir unmöglich. Auch unser Treffen und unser sehr lange währender, sehr kurzer Spaziergang schien wie ein Traum. So wie der, den ich gerade eben geträumt hatte. Der Tag, an dem ich das Geld, das Großmutter mir als wöchentliches Taschengeld zugesteckt hatte, für Katzenfutter mit Kaninchenfleisch ausgab, welches in den Mülleimer wanderte, weil Berna es nicht fressen wollte, lag doch zurück. Vielleicht lag er doch nicht zurück. Doch, er lag zurück! Ich wälzte mich unentwegt im Bett: Rattengift, Insektizide, Katzenfutter, Flohhalsband. Liebe Zuschauer, Ihre Maus wird dieses Gift lieben. Ihrem Insekt wird es wieder gut gehen, wenn es seine Medikamente pünktlich einnimmt. Wenn Ihr Floh dieses Halsband trägt, geht er nie verloren.

Als ich aufwachte, war ich ganz schlaftrunken. Ich war zwar nicht ausgeschlafen, hatte aber vom Liegen genug. Ich stand auf und ging ins Wohnzimmer. Berna war auf dem Sofa, wo ich sie nach dem Ende des Films zurückgelassen hatte. Aber sie war sonderbar, machte seltsame Bewegungen und gab merkwürdige Geräusche von sich. Ich geriet in Panik. Es war das erste Mal, dass ich sie so sah. Hätte sie das Katzenfutter gefressen, würde ich es darauf schieben, aber sie hatte es kaum angerührt. War sie von Hunger geschwächt? Doch nicht wegen einer Nacht. Dennoch rannte ich los und kaufte ihr übliches Futter. Sie fraß nicht und setzte ihr seltsames Verhalten fort. Voll Sorge packte ich das Tier in die Transportkiste.
»Physisch ist alles in Ordnung«, sagte der Tierarzt nach einer kurzen Untersuchung.
»Was ist dann das Problem?«
»Psychologisch.«
»Ich verstehe nicht. Wie meinen Sie das?«

»Psychische Störung. Das ist nicht mein Gebiet, aber keine Sorge. Ich kenne jemanden, der sich damit sehr gut auskennt. Er wird das Problem auf Anhieb diagnostizieren.«

Mit der Katze in der Transportbox ging ich hinaus. Der Ort, den der Tierarzt beschrieben hatte, war keine Praxis oder Klinik, sondern ein nahegelegenes Ocakbaşı, ein Restaurant. Er soll der Eigentümer sein, kümmere sich in einem Lagerraum im Keller des Restaurants um Tiere mit psychischen Störungen und nehme kein Geld dafür. Einer der Menschen, die keine Telefonnummer und keine E-Mailadresse haben und deren Bekanntheit nur auf Mundpropaganda beruht. Obwohl ich die Situation sehr seltsam fand, lief ich verzweifelt in Richtung der angegebenen Adresse.

Ich fand das Restaurant und ging hinein. Weil es tagsüber war, war es vollkommen leer. Davon abgesehen, war es drinnen dunkel wie die Nacht, weil es keine Fenster gab. Von ganz hinten waren Stimmen wahrzunehmen und ein rotes Licht, das blinkte. Wie in der Hölle. Im hintersten Eck des Restaurants saßen viele Männer an einem langen Tisch. Auf die Wand neben dem Tisch war ein Sender des Kabelfernsehens projiziert, der nur einen Kamin als Standbild ausstrahlte. Die Männer, die bei romantischer Hintergrundmusik Rakı tranken, glühten vor Hitze. Der junge Kellner, der auf mich zukam, erkannte die Situation sofort, als er die Katze bei mir sah. »Dritter Mann von dort«, sagte er und deutete mit der Hand in eine Richtung. Der Mann, auf den er zeigte, und ich schauten uns in die Augen. Er trank als einziger am Tisch Tee, war dünn, groß und etwas älter. Ich sagte ihm, wer mich geschickt hatte und fasste die Situation kurz zusammen. Er trank einen kleinen Schluck und stand auf. Seine Freunde, offenbar an solche Situationen gewöhnt, setzten ihre Gespräche fort.

Ich folgte ihm in den Keller. Beleuchtet von blauen Neonröhren, war es eine Art Lagerhaus. So, als würden wir uns in einem trockengelegten Aquarium befinden. Das Atmen fiel

mir schwer, und eine warme Schwere legte sich auf meine Brust. Ich war bedrückt wegen der Katze. Der Mann holte Berna aus der Box. Das Tier, das nicht aufhörte, aufgeregt zu stöhnen, wurde still, sobald es seine Hände spürte. Nicht aus Angst, sondern vor Wohlbehagen. In diesem Moment entschied ich, meinem Gegenüber zu vertrauen. Er schloss die Augen und horchte Berna mit der Handinnenfläche ab. Die blauen Lichter bereiteten mir Kopfschmerzen. Ich wartete, während ich meinem Schluckgeräusch lauschte. Völlig unerwartet und in einem überraschenden Tonfall sprach er etwas aus, womit ich nicht gerechnet hatte:
»Sie hat Langeweile.«
»Ich verstehe nicht.«
»Ihre Katze langweilt sich. Normalerweise haben Katzen keine Vorstellung von Langeweile.«
»So kenne ich das auch. Also, dass sie sich nicht langweilen. Sind Sie sicher?«
»Bin ich. Die Wahrscheinlichkeit liegt bei eins zu hunderttausend.«
»Was kann ich tun?«
»Finden Sie eine Beschäftigung.«
»Für die Katze?«
»Ja. Stellen Sie sich vor, Sie würden den ganzen Tag herumsitzen und dösen und ansonsten nur essen und Wasser trinken. Würden Sie da nicht durchdrehen?«
Ich kämpfte gegen die zunehmende Trockenheit in meinem Mund und gegen Gedanken an, die meiner Logik widersprachen, und versuchte zu sprechen.
»Was für eine Beschäftigung? Ich meine, wie soll ich das herausfinden?«

»Film Noir, beispielsweise. Lassen Sie sie einige Filme dieses Genres anschauen. Erstellen Sie zunächst eine Liste nach Produktionsdatum. Lassen Sie sie diese der Reihe nach anschauen. Katzen in diesem Zustand lieben das im Allgemeinen. Film Noir ist für Katzenaugen am besten geeignet, technisch gesehen«.
»Film Noir?«

»Ja. Zum Beispiel ›Der dritte Mann‹. Aber achten Sie darauf, dass sie nicht mittendrin einschläft. Wäre schade um den Film.«

Mir war gleichzeitig zum Lachen, Weinen, Kotzen und Durchdrehen zumute. Film Noir. Diese beiden Worte hatten noch mal eine andere Wirkung auf mich als all das Skurrile um mich herum. Die Bedeutung des Ortes, an dem ich war, und des Mannes vor mir hatte sich komplett verändert. Niemand außer mir konnte wissen, welchen Film ich vor kurzem gesehen hatte. Wenn jemand anderes das wusste, was nur ich weiß, bedeutete das, dass diese Person sich in meinem Kopf befand. Wann hatte ich den Film gesehen? Ich konnte mich nicht mehr an die Zeit erinnern, aber es war, bevor ich einschlief. Vor dem Einschlafen. Diesmal hatten diese Worte eine ganz andere Wirkung auf mich. Es war ein Gefühl der Erleichterung, die Wahrscheinlichkeit, sich noch in einem Traum zu befinden. In dem Moment, in dem ich an diese Möglichkeiten dachte, verblasste das Gesicht des Mannes vor mir. Es war ein Fleischgewebe üblen Geruchs von rohem Fleisch. Das Blau der Neonröhren verdunkelte sich. Das Fleischgewebe ohne Mund lächelte:
»Wenn Sie möchten, trinken wir oben einen Tee. Rot wie Kaninchenblut.«

Ja, ich befand mich definitiv im Traum, der sich rasend schnell in einen Alptraum verwandelte. Allmählich wurde ich wach. Das Umfeld verblasste und das blaue Licht wurde intensiver. Als ich meine Augen öffnete, lag ich auf dem Sofa. Das Atmen fiel mir schwer und eine warme Schwere lag auf meiner Brust. Die Katze machte mir Sorgen. Berna schlief auf meiner Brust. Das blaue Licht des Fernsehbildschirms hatte sich im ganzen Raum ausgebreitet. Der Film Noir war zu Ende, ich war mittendrin eingeschlafen. Denn, schaltete man den DVD-Player nach dem Abspielen der DVD nicht aus, wurde das Display blau. Ich war vollends erwacht. Bis auf den steifen Nacken war von der Traumwelt, die mich verfolgt hatte, keine Spur. Unter Schmerzen dehnte ich eine Runde die Nackenmuskeln. Mir wurde zwar klar, dass ich einen tiefen und langen Traum hatte, und obwohl das Traumende klar feststand, konnte ich eine Zeitlang nicht annähernd benennen, wann genau er begonnen hatte. An der Stelle, an der das Katzenfutter alle war? Als ich welches beim Laden um die Ecke besorgen war? War das echt? Wann der Traum endete, war klar, aber wann hatte er angefangen? Bevor ich losging, um Katzenfutter zu besorgen, oder danach?

Ich schaute in den Mülleimer. Da lag die aufgerissene Packung Katzenfutter mit Kaninchenfleisch. Neben Hitler und den toten Fliegen.

8. Zeitverschwendung

İstanbul, İstanbul ist fern
Schießen Sie nicht auf İstanbul

Cemal Süreya: Tabanca
[Die Pistole]

Als ich von der Türklingel aufwachte, die inmitten des Abrisslärms schrillte, hatte ich einen giftigen Geschmack im Mund. Wie Mäusegift. Wer konnte das um diese Zeit sein? Bevor ich nervös werden konnte, erinnerte ich mich. Es war die Frau, die jahrelang bei meiner Mutter putzte. Mutter bestand hartnäckig darauf, dass sie auch bei mir putzte. Meine Nervosität schlug in Wut um. Heute war Putztag.
»Mutter, ich putze selbst.«
»Ach, hör doch auf, was machst du denn schon?«
»Die Wohnung ist doch klein. Außerdem arbeite ich zu Hause. Und ich mag es nicht, andere meine Wohnung putzen zu lassen.«
»Red‘ keinen Unsinn Sohn, das ist auch ein Job. Expertenarbeit, sozusagen.«
»Ist wirklich nicht nötig.«
»Unmöglich, sonst ziehen Ungeziefer und Krankheiten ein. Komm schon, brich mir nicht das Herz, das lässt mir sonst keine Ruhe.«
»Na gut, aber sie kommt nur einmal im Monat.«
»Lass es wenigstens vierzehntägig sein, mein Sohn. Man kann doch nicht nur einmal im Monat putzen!«

Wir einigten uns auf vierzehntägig. Was sie sich vornahm, setzte Mutter durch. Wäre sie statt Vater im Ausland, hätte ich mich schon längst in Düsseldorf niedergelassen. In meinem schwarzen **Black Sabbath**-T-Shirt mit dem zerrissenen Kragen schlurfte ich zur Tür. Sie war jünger und freundlicher, als ich erwartet hatte. Wir machten uns einander bekannt. Sie hieß Serap. Berna mochte sie auch und war bereits dabei, sich an ihre Beine zu schmiegen.

Ich zeigte ihr die Wohnung und wo sich was befand, gab ihr andeutungsweise zu verstehen, dass ich ein Mensch war, der sich einen Dreck um Ordnung und Hygiene scherte. Meine Stimmungslage interessierte sie nicht im Geringsten, sie betrachtete die Wohnung mit professionellem Interesse. Ich sagte, sie solle im Wohnzimmer anfangen und das Chaos im Arbeitsbereich stehen lassen, ging zurück ins Schlafzimmer und legte mich wieder ins Bett. Ich war bereits zu einem Fremden in meiner eigenen Wohnung geworden. Während ich dem Staubsauger lauschte, loggte ich mich bei Twitter ein. Der Riss auf dem Display schien etwas größer geworden zu sein. Ich musste es mal reparieren lassen. Gestern soll der längste Tag des Jahres gewesen sein. Als ich diese Nachricht sah, dachte ich an den zerfledderten, fragmentarischen, endlosen und irrsinnigen Traum von gestern. In der kürzesten Nacht des Jahres hatte ich den längsten Traum meines Lebens geträumt. Wie viel Sekunden mag er wohl tatsächlich gedauert haben?

Ich legte das Telefon weg, starrte an die Decke und dachte an Dinge, die ich zu erledigen hatte. Die Aufzeichnung von dem Gespräch mit dem Buchhändler musste ich transkribieren, auf den Computer übertragen und die beunruhigende Aufnahme sofort löschen. Dann musste ich die Einleitung für den Plattenladen in Kadıköy schreiben. Das Interview im Plattenladen war optimal verlaufen. Es hatten sich viele Details herauskristallisiert, die in das Buch aufgenommen werden mussten. Die Texte legte ich mir im Kopf zurecht.

Ich ging unter die Dusche. Das Wasser wurde zwischendurch immer wieder kalt, was mich zusammenzucken ließ. Ich unterdrückte meine Schreie, wollte die Putzfrau nicht erschrecken und kam stocksteif aus dem Bad. Dabei wollte ich mich eigentlich entspannen. Ich frühstückte in der Küche im Stehen und zog mich mit dem ersten Kaffee des Tages in meine Arbeitsecke im Wohnzimmer zurück. Ich arbeitete einige Stunden. Serap arbeitete ebenfalls und staubte das Bücherregal im Wohnzimmer ab, mitten in einer Staubwolke. Ich schrieb und sie entstaubte Bücher, zog sie einzeln aus dem Regal und stellte sie wieder zurück. Ich hatte mich alsbald an ihre Anwesenheit gewöhnt. Sie war von den friedlichen Menschen, die es verstanden, in ihrer eigenen Welt zu leben. Entgegen meiner Befürchtung störte sie mich nicht. Es tat sogar gut, jemanden da zu haben.

Ich blieb an meinem Platz, machte keine Schreibpausen und surfte nicht im Internet, wie ich es sonst immer tat. Es gab nur ein kleines Problem: Serap hatte die Angewohnheit, laut zu denken. Während sie putzte, murmelte sie vor sich hin, was sie schon erledigt hatte und was noch getan werden musste. Und ich, Kahraman, in Besitz der Fähigkeit, Gedanken zu lesen, hörte ihr zu. Wann immer ihre, von mir gelesenen Gedanken sich mit meinen kreuzten, verlor ich den Faden. Dennoch wollte ich sie nicht zurechtweisen und auch keine Kopfhörer aufsetzen, um ihre Stimme zu übertönen. Zwar wurde ich von Zeit zu Zeit abgelenkt, schrieb aber weiter. Nach einer Weile führte sie keine Selbstgespräche mehr, sondern sprach so, dass ich sie hören können sollte.
»Diese Bücher sind alle staubig.«
»Wie bitte?«
»Maşallah, Sie haben viele Bücher, Herr Kahraman.«
»Du sagst es.«
»Sie setzen eine Menge Staub an. Ich habe immer die Bücher verschenkt, die ich gelesen habe. Ich bewahre sie nicht zu Hause auf. Obwohl, lesen tue ich auch nicht mehr. Früher las ich sehr viel, jetzt habe ich damit aufgehört.«
»Warum hast du aufgehört?«
»Zeitverschwendung«.
» ... «
»Wie gesagt, früher las ich viel. Romane hauptsächlich. Dann merkte ich, ich kann mich an kein einziges Buch erinnern. Ich merkte mir nur die Titel, erinnerte mich aber nicht an die

Handlung. Deshalb sagte ich mir: Warum lesen, wenn du es wieder vergisst? Ist doch Zeitverschwendung.«
»Warum wischst du Staub, wenn es wieder staubig wird?«, dachte ich. Nicht, weil ich sie damit verletzten wollte, sondern um das von ihr Gesagte zu bestätigen. Sagte es ihr aber nicht. »Im Grunde hast du recht«, sagte ich stattdessen, »ich habe fast alle diese Bücher gelesen, aber an die meisten kann ich mich nicht mehr richtig erinnern.«

Ihr Gesicht hellte sich auf. Dass ich ihr beipflichtete, überraschte sie wohl, sie hatte Widerspruch, Arroganz und vielleicht Ratschläge erwartet. Ich konzentrierte mich wieder auf meine Arbeit, und sie fuhr laut denkend fort, Staub zu wischen, von den Büchern, die in einigen Monaten wieder Staub ansetzen und in kommenden Jahren völlig in Vergessenheit geraten würden. Das braune gesichtslose Porträtfoto zwischen den anderen Fotografien meiner Großmutter kam mir in den Sinn. Ich war in die Arbeit vertieft, Seraps Stimme riss mich heraus.
»Sie interessieren sich wohl für den Tod als Hobby, Herr Kahraman?«
Sie war gerade bei dem Regal mit den Büchern über Tod, Schwarze Pest und Serienmörder. Ich fing an zu lachen, sie freute sich, dass mir ihr Humor gefiel. Durch mein Lachen ermutigt, machte sie weiter.
»Was sind denn das für welche, drehen die sich etwa den ganzen Tag so?«
Ihr war eine für intelligente Menschen typische Zerstreutheit eigen. Sie ließ nun die Bücher stehen und beschäftigte sich mit den Tanzenden.
»Ja, tun sie. Kümmere dich nicht darum, sonst drehst du durch.«
»Was tun sie?«
»Ist halt ein Tanzkurs. Ich weiß auch nicht mehr als du und als das, was ich zu sehen bekomme.«
»Wozu?«
Ich musste wieder lachen. Ich fing an, Serap zu mögen. Vielleicht sollte sie doch wöchentlich kommen?

»Keine Ahnung, man müsste sie schon selbst fragen.«
»Die Menschen wissen nicht mehr, was sie mit sich anfangen sollen, Herr Kahraman.«
»Jetzt verstehe ich, warum meine Mutter dich ruhigen Gewissens empfohlen hat. Wir denken ziemlich gleich, Serap.«
»Danke. Allerdings bin ich etwas überspannt, Sie machen einen vernünftigeren Eindruck. Ihre Mutter ist ein wirklich toller Mensch, erzähle ich überall. Sie trinkt auch viel Kaffee, genau wie Sie.«

Das Putzen des Bücherregals wurde von unseren, in regelmäßigen Abständen wieder neu aufgenommenen Gesprächen begleitet. Gelegentlich machte sie eine Putzpause und liebkoste Berna, die um ihre Beine herumschlich. Sie habe auch eine Katze, halte sie aber im Garten des Wohnhauses, nicht in der Wohnung. Sie fragte, ob Berna kastriert sei. Als ich bejahte, sagte sie, dass es wohl sein muss, wenn die Tiere in die Wohnung sollen, sie würden aber so ihrer Natur beraubt. In dem Moment dachte ich, dass der Sex mit Elif nicht mehr so war wie früher, spärlicher und weniger leidenschaftlich. Ich hatte das Gefühl, Serap könnte mich gemeint haben, und wurde nervös. Ich war kastriert und meiner Natur beraubt. Während ich in diesen Gedanken versank, nahm sich Serap die anderen Zimmer vor und führte Selbstgespräche. Sie stellte den Müll raus und setzte so das gesamte Verzeichnis meiner Erlebnisse vor die Tür. Wann genau hatte wohl der Traum begonnen?

Die Anwesenheit von Serap hatte mir sehr gut getan. Seit langem hatte ich keinen so effizienten Arbeitstag gehabt. Ich hatte meine Notizen durchgesehen, das Interview mit dem Buchhändler auf den Computer übertragen, mich von der Aufzeichnung befreit und die Einleitung für den Plattenladen in Kadıköy geschrieben. Da ich nicht zu bremsen war, schrieb ich auch die Antworten des Plattenhändlers vom Band ab und versuchte die fremde Stimme zu ignorieren.
Ich entschied mich den Abschnitt zu behalten, in dem wir uns gegen Ende des Interviews über die Unterschiede zwi-

schen den »Menschen auf der anatolischen Seite« und den »Menschen auf der europäischen Seite«, wie er sie bezeichnete, unterhielten. Die Beobachtungen des Mannes, der in Europa lebte und in Anatolien ein Geschäft betrieb, über die Bewohner auf beiden Seiten waren interessant. Beispielsweise behauptete er, dass die Leute in Europa auf dem Bürgersteig schneller gingen. Er gab eine Reihe solcher Erkenntnisse von sich, für die es keine Beweise gab, die aber lustig zu lesen waren. Obwohl es nicht in das Gesamtkonzept passte, hatte ich eine Seite für diesen Abschnitt reserviert und den Text gespeichert. Fast nach jedem Satz speicherte ich ab, weil der Computer derzeit ständig abstürzte. Auch heute war er schon dreimal abgestürzt. Ich müsste ihn mal in die Werkstatt bringen. Ich speicherte ein letztes Mal und machte den Computer aus. Serap hatte das Putzen beendet und machte sich fertig zum Gehen.

»Vielen Dank, Serap, danke schön. Wir sehen uns dann heute in zwei Wochen.«
»Alles klar, Herr Kahraman, viel Freude damit. Allerdings habe ich von diesem Baulärm Kopfschmerzen bekommen. Wie halten Sie das nur aus?«
»Ich schätze, ich habe mich daran gewöhnt. Übrigens kannst du mich duzen, das Sie braucht es nicht.«
»In Ordnung. Wirklich, die Wohnung ist sehr schön sauber geworden. Ach ja, ich habe da ein Spinnennetz nicht von der Decke entfernt. Nicht dass du dich dann darüber beschwerst.«

Ich schaute auf das Spinnennetz an der Decke der makellos sauberen Wohnung. Es war, als träumte ich weiter, und wenn ich mich umdrehte, wäre Serap verschwunden. Ich drehte mich um. Sie stand noch da und schaute mich an. Da wir uns also nicht in einem Traum befanden, musste ich ihr die Frage stellen.
»Warum hast du es nicht abgenommen?«
»Das wäre eine Sünde. Die Spinne ist heilig. Das Spinnennetz erst recht.«

»Gut, das hast du richtig gemacht.«
»Also dann, Gott soll dich schützen.«
»Dich auch, bis bald.«
Serap zog die Tür leise zu und ging. Mein Blick fiel wieder auf das Netz an der Decke. Mit dem vor die Tür gestellten Müll waren Hitler, tote Fliegen, Katzenfutter mit Kaninchenfleisch entfernt, geblieben war das Spinnennetz. Ob die Spinne in Elifs Wohnung noch lebte?

Ich legte mich aufs Sofa und begann den Roman »Zeiten des Glücks im Unglück« zu lesen, das Geschenk aus der Buchhandlung, die schließen wird. Nach kaum zehn Seiten wurde ich schläfrig. Ich steckte den Roman in den Rucksack zu der Autoren-Enzyklopädie und beschloss, hinauszugehen. Ich nahm den vor der Wohnungstür abgestellten Müll und verließ das Haus. Es tat gut, Luft zu schnappen, auch wenn sie verpestet war. Ich schleuderte den blauen Müllsack mitten in das Meer von Müllsäcken, das sich dem Wohnblock gegenüber gebildet hatte. Ich aß etwas im Bistro mit den Spiegeln und sah mir beim Essen zu. Drinnen spielte die Ohrwurmmusik eines mexikanischen Restaurant-Samplers. Die Butter hatte die Form von SpongeBob. Ich machte einen kleinen Spaziergang und ging zu dem Café, von dem ich immer vergaß, dass es geschlossen hatte, und stand vor der Boutique. Ich setzte mich in ein anderes Café und las, begleitet von Neuinterpretationen alter Lieder, weiter in »Zeiten des Glücks im Unglück«.

Die Nachmittagssonne färbte die Gegend in ein unwirkliches Orange. Ich war auf dem Weg zurück zu meiner frisch geputzten Wohnung und bog, vorbei an dem geparkten weißen Wasserwerfer und dem gelben Kran, in meine Straße. Das Mega-Display der Stadtverwaltung war abgestürzt. Wahrscheinlich wurde das System von einer der umliegenden Baustellen gestört. Winzige weiße Buchstaben, Satzzeichen, Zahlen, Symbole, Codes bedeckten die gesamte rabenschwarze Bildfläche. Der Screenshot ergänzte in perfekter Weise die in Orange getauchte schlammige

Baustellenlandschaft. Die Aluminium-Sichtblenden der Baustellen auf beiden Seiten meines Wohnblocks reflektierten das Licht der untergehenden Sonne ins Groteske.
Mit dem Abgasgeruch in der Nase ging ich weiter. Der Kiezhund schnüffelte routinemäßig den Bürgersteig entlang. Der leere Touristenbus raste an mir vorbei. Auf meinen Wohnblock zulaufend, streifte mein Blick den Haufen von Müllsäcken. Ich konnte meinen Müllsack nicht wiedererkennen, ging etwas langsamer und suchte die Stelle, wo der Müllsack gelandet war. Keine Chance. Es war völlig normal, den eigenen Müllsack nicht ausfindig machen zu können. Dennoch löste diese Situation eine tiefe Traurigkeit in mir aus. Mir war zum Weinen zumute. Am liebsten würde ich mich in das Meer von Müllsäcken stürzen und die ganze Nacht lang weinen. Ich betrat den Wohnblock.

Ich saß im Wohnzimmer, hatte mein durchlöchertes **Therapy?**-T-Shirt an und trank Bier. Drüben wurde weiter getanzt, ohne das Tempo zu drosseln. »Wozu?« Ich war müde. Mein linkes Auge auch. Ich war heute ein ganzes Stück mit der Arbeit vorangekommen und hatte keine Energie mehr. Während ich mit Elif telefonierte, betrachtete ich mein Spiegelbild in der Fensterscheibe, meine Haare waren zu lang geworden. Ich müsste mal zum Friseur gehen.

Blut und Wasser schwitzend, riss ich bis zum Morgen im Traum die Müllsäcke auf und suchte meinen Müll. Mein Müllsack musste sehr tief liegen, ich grub, bis mir die Nägel brachen. Ich wollte dabei den Kran am Ende der Straße einsetzen, fürchtete mich aber vor dem Wasserwerfer daneben. Ich musste meinen Müll unbedingt finden, ich konnte es nicht ertragen, dass man meinen Müll nicht von dem der anderen unterscheiden konnte. Am Morgen wachte ich schweißgebadet auf. Ich war traurig darüber, nicht gefunden zu haben, was ich suchte. Meine Finger schmerzten leicht und ich hatte einen schwachen Geruch von Müll in der Nase.

9. Blaue Plastiküberschuhe im Wind

Zieh die Vorhänge nicht auf
Mir gefällt diese Dunkelheit

Ümit Yaşar Oğuzcan: A

Mein Kopf hing im Waschbecken und wurde mit kochendem Wasser und Schaum bearbeitet. Mein Barbier konnte das Reden nicht lassen und sprach auch in dieser Position weiter zu mir. Die Hälfte von dem, was er sagte, mischte sich mit dem Wasser und floss dahin. Was er zuletzt sagte, kam bei mir überhaupt nicht an. Als ich mich zurücklehnte, sagte ich: »Wie bitte?«, und er wiederholte, während er mir das Handtuch um den Kopf wickelte.

»Ein gutes Shampoo schäumt nicht viel.«

»So? Das wusste ich nicht.«

»Aber sicher doch.«

Ich redete, um seinem Monolog den Anschein eines Dialogs zu verleihen, hatte aber keinen Schimmer, wovon ich sprach. Ich wurde grob abgetrocknet, die Schere schnellte um meinen Kopf herum. Starke Finger packten meinen Kopf und drehten ihn nach links für den Bartkotelettenschnitt rechts. Von meinem Platz aus blickte ich auf einen Damenfriseur. In dem modern minimalistisch ausgestatteten Friseursalon saßen die Frauen aufgereiht wie Schaufensterpuppen, mit dem Blick nach draußen. Vor ihnen waren nur kleine runde Spiegel, sie spiegelten aber nicht ihre Gesichter wider. Ich starrte eine der nebeneinander sitzenden Frauen an. Ihr Haar war in Strähnen nach vorne gekämmt. Ihre Augen, durch das ihr das Gesicht vollständig bedeckende nasse Haar kaum auszumachen, waren auf die Straße gerichtet. Sie sah aus wie die Gespenster in den japanischen Horrorfilmen. Ich konnte meinen Blick nicht von ihr abwenden, da packten die entsetzlichen Finger meinen Kopf und drehten ihn nach rechts, für den Schnitt der Bartkoteletten links. Mit einer weißen Schürze um den Hals saß ich fest, ein Gefangener der Konversation. Mein Friseur kam beim Reden immer mehr in Schwung, sprang von einem Thema zum anderen und schnitt weiter an meinen Haaren.

Als er damit fertig war, tauchte er hinter mir weg. Dann tauchte er wieder auf und drückte mir mit seiner üblichen, aus seiner Sicht coolen Geste den kleinen Spiegel in die Hand. Mein geschwätziger Friseur stand nun hinter dem kleinen Spiegel und schwieg. Ich schaute auf den großen Spiegel vor mir, musste mit Hilfe des kleinen Spiegels dort meinen Hinterkopf betrachten und die Nackenrasur genehmigen. Im großen Spiegel sah ich mein Gesicht und den Hinterkopf, aber auch den stolz gereckten Körper des Friseurs und den kleinen Spiegel. Anstelle des Gesichts des Friseurs war ein Kopf voller nasser Haare. Wie zum Eisblock erstarrt, stand er mit dem verdrehten Kopf hinter mir, war still und atmete nicht. Links neben mir blickte die Geisterfrau, das Gesicht vom nassen Haar vollständig bedeckt, mit undefinierbarem Ausdruck in den Augen immer noch auf die Straße.

Ich verließ die historische Konditorei in der Istiklâl-Straße und lief auf der Schattenseite. Die Julihitze war erdrückend. Außerdem lag mir die Bewirtung mit doppeltem Profiterol, Limonade und Kaffee schwer im Magen. Der Magen war zwar verdorben, dafür lief aber das Gespräch sehr gut. Ich hatte schöne Fotos gemacht, die Konditorei war titelbildverdächtig. Es war jetzt schon klar, dass dies eines der besten Kapitel werden würde. Meine Glorifizierung der Historizität einer achtundsechzig Jahre alten Bäckerei würde ausländische Leser, Wiener beispielsweise, sicher belustigen, aber für uns war das wichtig. Je weiter mein Werk voranschritt, desto anspruchsvoller wurde seine Gestalt in meinem Kopf. Ich war schon so weit, sogar die Reaktion der Wiener Leserschaft zu berücksichtigen. Für heute war ich durch. Elif war bei der Arbeit. Wie auch meine anderen Freunde.

Ich ging auf das letzte unabhängige Kino in Beyoğlu zu, das man von der Straße aus betreten konnte. Als ich an dem Tag nach dem Treffen im Verlag die Adressen auf meiner Liste der Reihe nach aufsuchte, war der Kinobesitzer nicht dagewesen. Ich trat ein und fragte nach ihm. Diesmal war er anwesend, man führte mich zu ihm. Wir saßen uns gegenüber, seine Frage, ob ich Tee trinken wolle, verneinte ich. Ich erzählte ihm von meinem Buchprojekt, und er war interessiert. Wir sprachen über die Details und den Zeitplan.

Ich war wieder draußen. »Lass uns woanders hingehen«, sagte einer der beiden jungen Männer, die gerade an mir vorbeigingen. »Woanders hingehen.« Er könnte ein anderes Restaurant gemeint haben oder ein anderes Viertel oder ein anderes Land oder auch einen anderen Kontinent. Mit diesem Satz im Kopf lief ich weiter. Ich hielt am Geldautomaten an, steckte die Karte ein und gab meine PIN ein: 1213. Ich musste mich bei der Eingabe vertan haben, denn es gab eine Warnung. In förmlicher Sprache teilte man mir mit, sollte ich wieder eine falsche PIN eingeben, werde meine Karte eingezogen. Maschinen, die die Menschheit bedrohen. Ich dachte an den Science-Fiction-Roman, den ich nicht zu Ende gelesen hatte.

Ich setzte mich in ein Café und bestellte ein Mineralwasser. Mein Magen war nicht besser geworden. Drinnen spielte die Coverversion eines **Beatles**-Songs, dessen Fröhlichkeit nervte. Ich holte meinen vier Jahre alten Kalender heraus und ordnete meine Notizen. Das dauerte eine ganze Zeit lang. Ich saß seit einer Stunde im Café. In George Orwells Buch »Erledigt in Paris und London« heißt es im Kapitel über Cafés, dass man dort zwei Stunden lang bei einem Kaffee sitzen kann. Ich erinnerte mich zwar nicht mehr an das Buch, diesen Satz aber hatte ich behalten. An dieser Stelle hatte das Buch keinen Staub angesetzt. Wie lange konnte man wohl bei einer Flasche Mineralwasser im Café sitzen? Als ich den krampfartigen Stich am linken Auge spürte, ließ ich die Notizen für eine Weile liegen und saß mit halb geschlossenen

Augen da. Ich beschloss, es nicht mehr aufzuschieben und nächste Woche einen Augenarzt aufzusuchen. Kaum traf ich diese Entscheidung, ließ das krampfhafte Zucken nach und verschwand fast. Am Tisch gegenüber bewegte ein Mädchen, dem die Sonne ins Gesicht schien, ihren ausgestreckten Arm von links nach rechts, auf der Suche nach dem idealen Selfiewinkel. Ich verlangte die Rechnung. Eine seltsame Müdigkeit überkam mich. Es fiel mir schwer, aufzustehen und nach Hause zu gehen.

Ich kam zu Hause an und lüftete das Wohnzimmer. Der Touristenbus fuhr wie immer leer vorbei. Blaue Plastiküberschuhe wirbelten im Wind. Der Hund aus der Nachbarschaft schnüffelte routinemäßig den Bürgersteig entlang. In der Tanzschule schwirrten sie umher. Wozu? Der Gemüsehändler wässerte den Salat. Die beiden Käufer im Mantelgeschäft zogen sich fortwährend an und aus. Die Katze aus dem dunklen Elektrogeschäft, die so aussah, als hätte sie einen Stromschlag bekommen, leckte sich vor dem Laden das Fell. Links und rechts herrschte weiterhin Baulärm.

Gegen Abend, als der Betonregen nachließ, schloss ich mein Telefon an die Musikanlage an. Ich öffnete den mp3-Ordner und suchte nach einer Musik, die mit dem nervigen Enthusiasmus der fliegenden Tänze mir gegenüber konkurrieren konnte. Ich wählte »Just Drifting« von **Psychic TV**, lauschte eine Weile der Musik und beobachtete die tanzenden Paare. Ich ließ meine Notizen auf dem Tisch liegen, transkribierte einen Teil der Tonaufnahme des Interviews in der Bäckerei, übertrug sie auf den Computer und speicherte nach jedem Satz. Ich hatte mich schon daran gewöhnt, dass meine Stimme klang wie die einer anderen Person. Ich wunderte mich nicht mehr darüber. Tust du doch! Ich gab Berna was zu fressen und Wasser.

Das passiert immer, wenn ich ein deprimierendes Lied höre. Meine masochistische Ader kommt dann zum Vorschein. Es ist wie ein krankhaftes Vergnügen am Selbstmitleid. Wie wenn man anfängt zu trinken und nicht aufhören kann. Ich spielte ein weiteres deprimierendes Lied ab und dann noch eins. Jedes Mal fügte ich der Kette ein noch unheilvolleres Glied hinzu, aus meiner Liste »Extreme Depression«.

Ich döste auf dem Sofa als das Telefon klingelte. Ein enger Freund rief an, war unterwegs mit der Clique. Sie waren in der Nähe. »Sollen wir zu dir kommen?«, fragte er. »Na klar, kommt doch«, sagte ich, ohne nachzudenken. Ich wollte nicht, dass sie kamen, hatte nicht mit ihnen gerechnet. Ich hatte mich fest darauf eingerichtet, diese Nacht in dieser Stimmung zu Ende zu bringen. Es klingelte, ich drückte auf den Türöffner. Das Klappern von Flaschen in Plastiktüten näherte sich. Da waren sie. Fünf Kerle in meinem Alter. »Habt ihr etwa vor der Tür gelauert, Mann, wie schnell ging das denn?«

Wir breiteten uns im Wohnzimmer aus. Als erstes wurde die Musik gewechselt. »Was ist das für ein Lied, Mann. Das reißt einem ja die Seele aus dem Leib.«
»Echt eh, hör nicht solche Sachen, bei Gott du kriegst sonst keine Kinder.« Getränke wurden verteilt, Chipstüten geöffnet. Berna setzte sich auf den Schoß von jemandem, den sie ausersehen hatte.

Zwei Freunde standen kurz davor, ins Ausland zu gehen, waren mit ihren Vorbereitungen bereits fertig. Einer von ihnen hatte es nach zwei Jahren mühsam geschafft, seine Versetzung in die Londoner Niederlassung des Unternehmens, für das er arbeitete, durchzusetzen. Der andere hatte ein Stipendium von einer Berliner Universität erhalten und würde mit über dreißig Jahren einen Masterstudiengang beginnen. Zwei von fünf waren ein schwerer Verlust. Sie fragten mich, warum ich nicht zu meinem Vater nach Düsseldorf ging. Warum haute ich nicht aus İstanbul ab? Ich erzählte ihnen von dem İstanbul-Buch. Keiner von ihnen wusste von den letzten Entwicklungen des Projekts, und sie zeigten echtes Interesse. Ich erzählte ihnen alles von Anfang an, sparte nicht mit

Details und ordnete alles in meinem Kopf neu, während ich sprach. Es tat gut, darüber zu reden. Was ein Glück, dass sie gekommen waren. Was ein Glück, dass ich gesagt hatte: »Na klar, kommt doch.«

Später am Abend, der Tanzkurs dauerte noch an, entdeckten sie die Tanzschule. Ihre Augen begannen zu funkeln, sie warfen sich spöttische Blicke zu. Im Feuer des durcheinander getrunkenen Alkohols gerieten sie sofort außer Rand und Band. Sie wechselten die Musik, schalteten alle Lichter an und zogen die Vorhänge ganz auf. Mitten im Zimmer begannen sie sich zu drehen und ahmten die Kursteilnehmer nach. Erst war ich besorgt und versuchte, sie aufzuhalten. Aber sie sahen so komisch aus, und ich ertappte mich dabei, wie ich mit ihnen tanzte. Wir waren außer Kontrolle geraten und drehten uns paarweise wie verrückt.
Die Kursteilnehmer hatten aufgehört zu tanzen und schauten uns erstaunt zu.

Als ich am Morgen aufwachte, platzte mir der Kopf, es wurde bei jedem Schritt schlimmer. Ich ging ins Wohnzimmer, niemand war da. Sie hatten aufgeräumt und sogar die Schnapsflaschen in die mitgebrachten Plastiktüten gesteckt und mitgenommen. Sie hatten das Fenster gekippt und das Wohnzimmer gelüftet. Hoffentlich sind keine Fliegen reingekommen. Ich müsste mal ein Fliegengitter anbringen lassen.

Ich nahm zwei Alka-Seltzer aus der Medizinschublade, ging in die Küche und öffnete den Schrank für die Gläser. Er war leer. Ich schaute auf den Tresen. Sie hatten alle Gläser in die Spülmaschine eingeräumt. Da sie noch lief, konnte ich sie nicht öffnen und stand mit den Tabletten da. Ich öffnete den Gläserschrank erneut. Ganz hinten standen zwei Champagnergläser. Ich hatte sie vorhin nicht bemerkt. Es waren zwei lange, dünne Sektgläser, die ich nie benutzt hatte und von denen ich nicht mehr wusste, wann und woher sie kamen. Wahrscheinlich hatte ich sie irgendwann geschenkt bekommen. Sie standen mit einer Eleganz nebeneinander, die fast schon wieder komisch war. Ich machte mich lang und nahm ein Glas, füllte es mit Wasser und warf die Tabletten der Reihe nach hinein. Ich ging aus der Küche und schaute im Spiegel in der Diele in meine blutunterlaufenen Augen. Ich hob das Champagnerglas mit dem aufgeschäumten Medikament und prostete meinem Kopfschmerz zu.

10. Du siehst nur etwas anders aus

Ein Fremder, der neben mir liegt,
Bitter ein jedes Wort von ihm, wie Gift

Sabahattin Ali: Hapishane Şarkısı III
[Gefängnislied III]

Endlich war der Sommer zu Ende und die Gluthitze vorbei. Es war regnerisch. Ich trank einen Kaffee nach dem anderen in meinem, wie ein Zirkuszelt anmutenden Arbeitsbereich inmitten des grau-weiß eingerichteten, aufgeräumten Wohnzimmers und ordnete die restlichen Adressen aus der Liste des unbenutzten, vier Jahre alten Kalenders chronologisch nach Terminlage.

Ich kam schneller voran, als ich erwartet hatte. Bei diesem Tempo würde ich in ein paar Monaten abliefern können. Abgesehen von ein paar Ausfällen, gab es keine Probleme. Vor einigen Wochen erfuhr ich, dass eine historische Ladenpassage, zu der ich ein Interview geführt und einen Text verfasst hatte, für den Abriss geräumt wurde. Zufällig, auf Twitter. Dann hatte die historische Kneipe, die dem Buch eine schöne Farbe verleihen sollte, dicht gemacht. Seit die Stadtverwaltung untersagt hatte, Tische und Stühle im Außenbereich aufzustellen, lag sie ohnehin in den letzten Zügen. Am Ende blieb nur die Schließung. Und dann hatte ich einen Interviewtermin bei dem kleinen unabhängigen Theater und stand vor verschlossener Tür. Ich dachte, es hätte wegen Renovierungsarbeiten zu, aber als ich bei den benachbarten Ladenbesitzern nachfragte, erfuhr ich, dass es den Betrieb eingestellt hatte. Ich war verstimmt und geriet leicht in Panik, obwohl alle drei Örtlichkeiten nicht elementar für das Buch waren. Ich hatte versucht, mich davon nicht entmutigen zu lassen und weitergemacht, alle Orte abgeklappert, Tonaufnahmen gemacht, sie verschriftlicht, obwohl ich mich nicht an meine fremde Stimme hatte gewöhnen können. Die Texte überarbeitet und Satz für Satz abgespeichert, weil der Computer ständig abstürzte, Einleitungen geschrieben, überarbeitet und nach jedem Satz abgespeichert. Einer merkwürdigen Symmetrie folgend, hatte ich die kurzen Abschnitte in die Länge gezogen und die längeren gekürzt, ein wenig an den Fotos herumhantiert, sie nach jeder Bearbeitung erneut gespeichert. Ich hatte Tag und Nacht gearbeitet und das Buch zur Hälfte fertiggestellt.

Am Abend kam Elif. Wir schauten uns den nächsten Film aus der Liste zum Thema Verschwinden an (→ »Picnic at Hanging Rock«, 1975, Regie: Peter Weir), liebten uns und lagen dann regungslos auf dem Bett. Es war gegen zwei Uhr. Wir setzten unsere Diskussion über Elifs Probleme bei der Arbeit an der Stelle fort, an der wir beim Abendessen aufgehört hatten. Elif war kurz davor, zu kündigen.
»Das regt mich echt auf, Elif, ich kapiere nicht, was sie an dir auszusetzen haben.«
»Na ja, sie halten mich für nicht enthusiastisch genug und für unmotiviert. Das geht schon seit Jahren so. Irgendwie merken sie, dass ich ihre Begeisterung nicht teile. So ganz falsch liegen sie damit ja auch nicht.«
»Was heißt denn Enthusiasmus, es geht doch um Arbeit, Elif. Präsentieren sie ihren Kunden etwa nicht ständig die Filme, die du scriptest? Wann immer ich dich sehe, bist du am Arbeiten, wozu brauchen die noch Enthusiasmus?«
»Darum geht es nicht. Das reicht ihnen nicht. Mit meinem Mangel an Enthusiasmus gebe ich ein schlechtes Beispiel ab für die Jüngeren«.

»Das ist doch Humbug. Du willst es bloß nicht wahrhaben. Bei den meisten Themen sind wir uns ohne jede Diskussion einig, nur dieses Thema kann ich dir nicht begreiflich machen. Ist denn ein Popsänger mit seinem Gezappel auf der Bühne ein besserer Musiker, weil das enthusiastischer aussieht als bei Leonard Cohen, der mit seiner gekränkten Gemütslage

Musik macht? Ist Kurt Cobain, der im Alter von siebenundzwanzig Jahren Selbstmord beging, ein schlechterer Musiker als die siebzigjährigen Affen, die ungehemmt singen und tanzen? Enthusiasmus ist kein Kriterium in diesem Metier. Nicht nur beim Texten und Design, sondern bei keinem Job. Gehst du zu einem Arzt, einem Mechaniker, oder einem Anwalt, weil er enthusiastisch ist, oder weil er sein Fach beherrscht? Du suchst beispielsweise eine Putzfrau für deine Wohnung. Würdest du eine schlechte Putzfrau einstellen, die freundlich ist und gut gelaunt, aber schlecht putzt, oder eine mürrische Putzfrau, die gut putzt? Ich sage dir, nur Dummköpfe halten Vertraulichkeit und Enthusiasmus für wichtig. Kohärenz und solide Arbeit sind das Wichtigste.«
»Du denkst zu simpel, so funktioniert das nicht.«
»Man muss doch einfach denken. Das Problem mit den Leuten bei euch ist, dass sie nicht simpel denken können. Sie interpretieren alles durch Schablonen. Das heißt, sie denken in Satzschablonen und nicht in eigenen Wortkombinationen. Sind doch alle Schaumschläger und taugen zu nichts.«
»Kahraman, du bist nicht mit diesen Leuten zusammen. Ich verstehe nicht, wie du so verallgemeinern kannst.«
»Sei unbesorgt, ehrgeizige unbegabte Menschen sind überall gleich. Kennst du einen, kennst du alle. Obendrein bin ich sauer, weil sie dich quälen. Sonst ist mir das egal.«
»Ich weiß nicht recht, ich kann nicht einfach die Schuld bei den anderen suchen und mich entlasten. Ich mache mir dann halt Gedanken. Egal, vergiss es, ich beschwere mich ständig darüber und gehe dann doch wieder arbeiten. Am Ende verärgere ich dich unnötigerweise damit.«
»Ich sage nicht, dass du die Schuld bei den andern suchen sollst. Ich sage nur meine Meinung als Außenstehender.«

Nach einem kurzen, dunklen und von Schlafoptionen erfüllten Schweigen sagte Elif: »Kahraman, hast du gehört, die Konditorei soll dicht machen? Und fügte hinzu »Ich weiß allerdings nicht mehr, ob du dort ein Interview hattest.« Es war, als würde man mich schaufelweise mit Erde zuschütten. Zwischen Schlaf und Wachen stellte ich die Frage, auf die ich die Antwort nur zu gut kannte, damit es noch mehr wehtat: »Welche Konditorei?« Und die Antwort traf mich wie die letzte Schaufel Erde ins Gesicht. Elif dachte wohl, die Konditorei sei nur ein kleines Detail für das Buch. Sonst hätte sie nicht so leichthin darüber geredet. Es war nicht ihre Schuld. Wahrscheinlich hatte ich deren Bedeutung nicht genug betont.

Das Buchcover erschien vor meinen Augen, verblasste gleich darauf und verschwand. Das Geräusch von unsichtbarer Hand zerrissener Seiten drang in meine Ohren. Mir war, als hörte ich auch den Karton des Umschlags reißen. Eine fanatische Mücke, losgeschickt zur Geräuschverstärkung, kreiste immer weiter um meinen Kopf. Ich wedelte mit der Hand, aber sie ließ sich nicht vertreiben. Ich sollte mal ein Moskitonetz anbringen lassen. Die flackernde Neonröhre in der Küche müsste ich mal reparieren lassen und der Nachbarin den Teller zurückbringen. Ich müsste das Display des Telefons auswechseln, die unvermittelt auf kalt schaltende Dusche reparieren lassen und den ständig abstürzenden Computer zur Werkstatt bringen. Ich müsste zum Augenarzt gehen, meinen Abfall finden, mich nicht demoralisieren lassen und auf die verbliebenen Orte konzentrieren. Ich war müde, müsste schlafen und konnte unmöglich einschlafen. Ich fühlte mich beklommen.

Elif war eingeschlafen, ich ließ sie im Schlafzimmer zurück und tigerte durch die Wohnung. Im Wohnzimmer herrschte eine andere Helligkeit als sonst, es war von einem intensiven Licht erfüllt. Ich blickte auf, es war Vollmond, und es sah aus wie eine Märchenlandschaft. Erst am Fenster merkte ich, es war das Licht, das an die weit entfernte, schwarz gestrichene Hauswand projiziert wurde. Für die Nachtschicht auf der Baustelle. Ich hörte auch schon das tiefe Dröhnen der Arbeitswelt. Die riesige Leuchte hing an dem in den Himmel ragenden Gerüst des Baufahrzeugs und war auf das Wohnhaus gerichtet, kugelrund, dunkelgelb und riesig. Das weiche Licht traf auf die raue Oberfläche der Wand und ließ sie wie eine Kraterlandschaft aussehen. Wie verzaubert schaute ich mir lange den falschen Mond am pechschwarzen, sternenlosen Himmel an.

Am Morgen wachte ich auf und hatte den bitteren Geschmack der Nachricht über die Konditorei im Mund. Elif war fort zu ihrer verhassten Arbeit. Ich hatte fast die ganze Nacht nicht schlafen können und lag noch eine Weile da wie tot, mit offenen Augen. Immer, wenn ich dem Buch ein Kapitel hinzufügte, verdunstete das vorherige Kapitel. Das Entfallen der Konditorei würde das Buch vielleicht nicht zugrunde richten, es war jedoch wie ein Vorbote für das künftige Verschwinden anderer Kapitel. Ich hatte erfahren, dass aus der Buchhandlung, in der ich mein erstes Interview geführt hatte, ein Juweliergeschäft werden sollte. Zu was würden sich wohl die Konditorei und das Buch verwandeln?

Als ich ins Wohnzimmer kam, sah ich Elif fürs Frühstück den Tisch decken. Ich schaute sie an, als sähe ich ihr Gespenst, und in diesem Moment fiel mir ein, es war Sonntag. Mit dieser Erkenntnis wurde aus Elifs Geist wieder Elif und wir wünschten uns einen guten Morgen. Nach dem Frühstück döste ich auf dem dunkelgrünen Sofa. Ich hatte in der Nacht endlose Runden im Wohnzimmer gedreht und nicht schlafen können.

Berna saß auf meinem Schoß, Elif telefonierte und wanderte zum Takt der Tangomusik von gegenüber durch das Wohnzimmer. Meine Augenlider wurden schwer. Ich lauschte den Geräuschen von der Baustelle, wie sie sich mit Elifs Gespräch vermischten und schlief ein. Als ich die Augen öffnete, stand Elif über mir, hatte das Telefon in der Hand und machte ein Foto.
»Ups, habe ich dich geweckt, sorry, aber ihr habt so süß geschlafen, da konnte ich nicht widerstehen.«
Ich setzte mich auf, Berna sprang von meinem Schoß. Ich musste fest geschlafen haben, war ganz benommen, als wäre ich in einen tiefen Brunnen gefallen. Mein ganzer Körper

war taub. Es kribbelte mir im Gesicht, ich war nicht mehr ich selbst.
»Sieh nur, wie süß ihr ausschaut.«
Ich warf einen flüchtigen Blick auf das Foto, das Elif mir hinhielt, wollte gerade den Blick wieder abwenden, als etwas Skurriles meine Aufmerksamkeit erregte. In meinem Inneren brach eine Eisscholle. Das war nicht ich auf dem Foto. Es war ein Mann in meinem Alter, er trug meine Kleidung und schlief zusammen mit meiner Katze auf meinem Sofa. Er ähnelte mir zwar, war aber definitiv nicht ich.
»Machst du Witze, Elif, was soll das?«

Elif konnte sich keinen Reim auf meine Reaktion machen. Ich riss ihr das Telefon aus der Hand und schaute das Foto aus der Nähe an. Wahrscheinlich hatte ich ihr dabei wehgetan.
»Was ist das, eine FaceApp zur Gesichtsbearbeitung?«
»Kahraman, was zum Teufel ist mit dir? Ich habe doch nur ein Foto von euch gemacht.«
Mir wurde schwindlig. Ich hatte Mühe, meine Fassung zu bewahren.
»Ja, das Sofa ist dasselbe Sofa. Und die Katze ist Berna, okay. Aber wer ist dieser Kerl, der da in meinen Klamotten liegt?«

Auf Elifs Gesicht erschien ein Ausdruck des Entsetzens, wie ich ihn bei ihr noch nie gesehen hatte. Sie konnte ihren Wunsch, wegzulaufen, nicht verbergen. Sie hatte verstanden, dass ich keinen Spaß machte, begriff aber nicht, was tatsächlich los war. Sie sah eindeutig mich auf dem Foto. Ich sank aufs Sofa, um nicht zusammenzubrechen, und legte das Telefon auf den Couchtisch. Elif setzte sich zu mir.
»Ist alles in Ordnung mit dir, Schatz?«
»Elif, der da auf dem Foto bin nicht ich.«
»Wer denn sonst Liebster, natürlich bist du es. Du siehst nur etwas anders aus. Es muss an der Blende liegen, oder an der Beleuchtung.«

Es herrschte eine beunruhigende Stille zwischen uns. Ein brutales Schweigen, wie nie zuvor. Elif brach es als Erste.

»Hast du dich etwa für einen anderen gehalten? Ich verstehe nicht, warum bist du plötzlich so angespannt?«
Ich fing an zu lachen, lachte lange und neurotisch. Berna schaute mich von weitem an, als sähe sie einen Fremden. Hatte sich auch mein Geruch verändert? Elif blickte in eine andere Richtung, ihre Augen waren feucht. Ich nahm das Telefon und öffnete wieder das Foto.
»Um Gottes willen, lösche es, du raubst mir den letzten Nerv, Kahraman. Hätte ich das Foto bloß nicht gemacht.«

Elif nahm mir ihr Telefon aus der Hand und löschte das Foto. Ihre Augen waren voller Tränen. Ich wollte sie nicht kränken und tat so, als hätte ich im Dämmerzustand Unsinn geredet. Um das Ganze vergessen zu machen, versuchte ich den ganzen Tag, extra fröhlich zu sein. Ich machte ein freundliches Gesicht, aber das fremde Gesicht ging mir nicht aus dem Kopf. Nach diesem gewöhnlichen Sonntagmorgen hatte ich begriffen, dass nichts so bleiben würde, wie es war.

Zweiter Teil

Seine Augen sind geschlossen, als hätte er keine. Der Körper liegt seitlich auf dem alten, dunkelgrünen, leicht schiefen Sofa. Ein Arm und ein Bein sind über die Rückenlehne ausgestreckt, wie in einer innigen Umarmung mit einem alten Freund. Es ist keine Schlafenszeit. Weder ist es Zeit für den Mittagsschlaf noch für den am Morgen und für den in der Nacht. Dennoch schläft er.

Das halbdunkle Wohnzimmer ist von Baulärm erfüllt. Es sind zwei verschiedene Geräusche, sie kommen aus zwei Richtungen. Es ist, als ob das Haus in seinen Grundfesten erschüttert wird. Das hier ist kein Ort zum Schlafen. Dennoch schläft er. Er ist unruhig, sein Gesicht ist leicht faltig, Abscheu liegt darin. Vielleicht ist es eine momentane körperliche Reaktion auf den Baulärm, vielleicht die vorübergehende Wirkung eines Traums. Vielleicht, weil er mit seinem Leben grundsätzlich nicht zufrieden ist. Auch wenn er schläft, ist er sich dessen bewusst.

Er schläft mit diesem Gesichtsausdruck weiter, bis das schwarze Telefon mit dem gesprungenen Display auf dem Couchtisch Alarm schlägt.

1. Ich las noch eine Weile

Vergessen habe ich zuerst dein Gesicht
Zuerst dein Gesicht, warum auch immer

Edip Cansever: Bahar Sezgisi –
Bahar Ötesi – Bahar Ertesi
[Die Ahnung des Frühlings – Jenseits des
Frühlings – Nach dem Frühling]

Als das Telefon klingelte, wachte ich auf dem Sofa auf. Elif war dran, es klang aber nicht nach ihr, sie hatte eine seltsame Stimme. Wir hatten seit fast einer Woche nicht mehr miteinander gesprochen. Seit einer Woche rasierte ich mich nicht, wusch mir nicht das Gesicht und schaute nicht in den Spiegel. Wir machten Konversation. Sie wollte über das Foto reden, kaute aber drum herum, fühlte sich unwohl dabei. Ich hatte sie betrübt und erschüttert. Gerade, während sie wegen ihrer Kollegen eine Menge Probleme mit der Arbeit hatte, vergiftete ich ihr auch noch die kurze Lebenszeit außerhalb der Arbeit. Ich war sogar noch gefährlicher als die Blechköpfe bei ihr in der Firma. Ich war wieder voll Mitgefühl für sie. »Ich habe es längst vergessen, meine Liebe, denk nicht mehr daran«, sagte ich.

Natürlich hatte ich nichts vergessen. Ich war nicht sicher, ob sie es vergessen würde. Hätte ich bloß für mich behalten, was ich gesehen hatte, und nicht so reagiert. Aber hätte ich das gekonnt? Ich wusste es nicht. Hättest du wohl. Hätte ich nicht! Außerdem hätte das Elif noch mehr verärgert. Aber sie hätte es nicht wissen können. Würde es sie mehr ärgern, etwas nicht zu erfahren, was sie sehr traurig machen würde? Oder etwas zu erfahren, was sie weniger traurig stimmte? Das war jemand anderes auf dem Foto.

Auf meinem Sofa, in meinen Kleidern, mit meiner Katze, aber jemand anderes. Könnte ich mich geirrt haben? Mein linkes Auge zuckte krampfhaft als mahnte es mich: »Denke auch über diese Möglichkeit nach.« Könnte zum Beispiel mein Augenleiden irgendwie damit zu tun haben? War es eine optische Täuschung? Und die Tonaufnahme? Sie hatte nichts mit dem Auge zu tun. Es war jemand anderes. Jemand anderes, dem auch die fremde Stimme in der Aufnahme gehörte.

Elif und ich verabredeten, uns am Abend zu treffen. Ich wollte tagsüber arbeiten und dann zu ihr gehen, wenn es dunkel wurde. Ich machte das Telefon aus und legte es auf den Couchtisch, betrachtete von meinem Platz aus eine Weile den Riss, der das Display der Länge nach ausfüllte. Der Baustellenlärm war in vollem Gange, die Tänze gegenüber auch. Berna lag rücklings unter dem Sofa und gab den Automechaniker. Ich hatte ihr das Futter hingestellt und, weil ich gerade in der Küche war, mir einen Kaffee eingeschenkt. Ich trank wieder zu viel Kaffee, als wäre das meine Mission. Besser, wenn ich das reduzierte.

Ich nahm einen Schluck vom heißen Kaffee und begab mich in meinen Arbeitsbereich, in das verwaiste Detektivbüro. Die Fragen, die für die Konditorei in Beyoğlu vorgesehen waren, die bald schließen würde, änderte ich für die Konditorei auf der anatolischen Seite um, mit der ich die erstere ersetzen wollte. Diese war etwas weniger historisch als die Konditorei in Beyoğlu. Eigentlich war sie überhaupt nicht historisch. Deshalb hatte ich zu meinem Bedauern auch die Einleitung ändern müssen. Es war besser als nichts, tröstete ich mich. Kaum, dass ich mich voll auf die Arbeit konzentriert hatte, stürzte der Computer ab. Und ich war noch nicht dazu gekommen, den Text zu speichern. Ich schloss die Augen, als wollte ich weinen, und wartete, startete ihn wieder und trank einen Schluck Kaffee. Unter dem Betonregen arbeitete ich weiter und speicherte jede Textänderung ab.

Es war noch zu früh für das Treffen mit Elif. Ich wollte nicht zu Hause bleiben und ging raus. Das Mega-Display der Stadtverwaltung zeigte noch unverändert den Systemabsturz an, was niemanden interessierte. Man sah weiße Buchstaben auf schwarzem Grund, schwache Interpunktionszeichen, flackernde Zahlen, verzerrte Symbole, unleserliche Codes. Ein blauer Plastiküberschuh flog an mir vorbei. Ich ließ den Baustellenlärm hinter mir und ging zügig weiter, zwischen dem nebeneinander parkenden Baukran und dem Wasserwerfer hindurch.

Meine Füße führten mich nicht mehr zu dem geschlossenen Café, ich hatte endlich akzeptiert, dass dieser Ort nicht mehr existierte. Ich setzte mich in eines der neuen, ungemütlichen Cafés, nahm den vier Jahre alten Kalender heraus und ordnete die Notizen zum Buch. »Ob ich zur Abwechslung vielleicht Tee trinken sollte?«, dachte ich und bestellte wieder Kaffee. Ich holte die Autorenbiografien aus dem Rucksack; ich hatte sie für eine Weile aus der Hand gelegt und zwischenzeitlich andere Literatur gelesen. Ich las da weiter, wo ich zuletzt aufgehört hatte. Goethe hatte sechzig Jahre seines Lebens am »Faust« geschrieben. Neben dieser Angabe stand in Klammern »Lebenswerk«. Ich dachte an das İstanbul-Buch, das kurz vor seiner Fertigstellung stand. Über seine Entstehung zunächst in meinem Kopf, über die Konzeptarbeit und den Vorbereitungsprozess, über die Schreibphase und die Änderungen. Ich wollte das inhaltlich immer belangloser werdende Buch abschließen und mich von ihm verabschieden. Es sollte nicht mein »Lebenswerk« werden.

Ein altmodischer Klingelton hallte durch das Café. Alle griffen wir nach unseren Telefonen. Als der Mann am Fenster das Gespräch annahm, legten alle sie wieder beiseite. Bei allen klingelte das Telefon auf die gleiche Weise, alle nahmen die Gespräche auf die gleiche Art an, sprachen dieselben Sätze, beendeten sie ebenso. Wieder kam mir das Foto des Fremden auf meinem Sofa in den Sinn, und ich löschte es. Wie oft ich es auch löschte, es kam immer wieder aus dem Papierkorb zurück. Jedes Mal ein wenig verändert und verblasster. Ich glaubte, wenn ich es regelmäßig aus meinem Gedächtnis löschte, würde es nach einer Weile ganz verschwinden.

Ich bestellte noch einen Kaffee. Je mehr Kaffee ich trank, desto schläfriger wurde ich. Ich legte das Buch in meiner Hand und meine Gedanken zu dem Buch in meinem Kopf weg und lehnte mich zurück. Gerade spielte die **Nirvana**-Version der »Molly's Lips« von **The Vaselines**. Ich war freudig und traurig zugleich, als hätte ich einen Freund aus meiner Kindheit getroffen. Ohne mich zu rühren, hörte ich dem extrem kurzen Lied zu, das nur aus zwei Akkorden bestand. Als das Lied zu Ende ging, kam der zweite Kaffee.

Mit dem passenden Kleingeld in der Tasche lief ich an den Klebstoffschnüfflern vorbei. Aus irgendeinem Grund wollte diesmal keiner was, als hätten sie sich miteinander abgesprochen. Als ob ich nicht existierte. Das ärgerte mich allmählich. Ich nahm all meinen Mut zusammen und stierte einen böse an. Er schaute weg.

Das Wohnhaus roch nach Schmierseife. Ich war eine Stunde vor Elif da und kochte ein fleischloses Gericht. Sie kam, als ich den Tisch deckte, und war gut gelaunt. Auch meine Laune besserte sich.
Wir waren satt und streckten uns auf den Sofas aus. Elif las einen Roman mit einem dunklen Einband, ich weiter die Autorenbiografien. Nach langem Schweigen hob Elif den Kopf vom Buch und sagte: »Ich hasse Autoren, die ihre eigenen Gedanken den Romanfiguren in den Mund legen.« Ich lachte.
»Was gibt es da zu lachen, ich meine es ernst.«
»Keine Ahnung, ich habe einfach nur gelacht«.

Elif legte das Buch auf den Couchtisch und starrte ins Leere. Ich las noch eine Weile, legte dann auch das Buch weg und starrte mit ihr ebenfalls ins Leere. Wir saßen schweigend zusammen, im Schatten des nicht offen thematisierten Fotos.

Als ich mich zu Elif drehte, um etwas zu sagen, erwischte ich sie mitten im Gähnen. Sie sah aus wie ein Ungeheuer, wie ein zahnloser Babydrachen. Als sie zu Ende gegähnt hatte und wieder zu Elif wurde, sagte sie: »Lass uns schlafen gehen, ich bin sehr müde.«

Als ich aufwachte war ich allein im Bett. In welchem Bett? In dem von Elif. Ich griff nach meinem Telefon am Kopfende, schaute auf die hinter dem gesprungenen Displayglas leuchtende Uhr. Es war 04:10 Uhr. Ich stand auf und setzte mich eine Weile aufs Bett. War Elif nicht mit mir zusammen gewesen? Ja. Als ich im Bad nach ihr sehen wollte, sah ich das Licht im Wohnzimmer. Sie saß im Halbdunkel, ihre Augen waren mit Tränen gefüllt. Sie sah aus, als hätte sie ein Gespenst gesehen. Ihr seltsamer Zustand auf dem Sofa glich einer einem der Psychothriller entsprungenen Szene, wie wir sie auf demselben Sofa anschauten.
»Elif?«
» ... «
»Geht es dir gut, mein Schatz?«
»Mir geht es nicht gut. Wir müssen reden, Kahraman.«

Etwas in mir war taub geworden. Sie sprach unvermittelt aus, worum es bei diesem offenen Satz ging. So wie die Dusche unvermittelt kalt wird, mir dabei der Atem stockt und mein Schrei in mir widerhallt. Ich setzte mich ihr gegenüber. Was ich nun sah, glich mehr einem Traum als einer Filmszene. Gleich würde ich aufwachen und sie umarmen. Elif sah mich mit einem seltsamen Ausdruck an, der zu seltsam war, um in einem Traum vorzukommen, und begann zu erzählen. Sie schaute beim Reden nicht mich an, sondern auf einen entfernten, unbestimmten Punkt. Wir redeten bis zum Sonnenaufgang, und als die Sonne aufging, hatten wir beschlossen, uns zu trennen. Erleichtert vom Weinen, sahen wir uns mit feuchten Augen an.

2. Ob sie wohl tot war?

Dann drehte ich mich nach İstanbul,
das dich mir wegnahm,
wünschte ihm einen guten Tag

İlhan Berk: Sabahları
[Morgens]

Es war plötzlich Winter geworden. Ich knöpfte den Mantel zu und zog den Schal enger um den Hals. Bis zum Treffen in der Konditorei war noch viel Zeit. Es sah so aus, als könnte es jeden Moment regnen. Ich entschied mich, in ein kleines Café zu gehen und meine Notizen und Fragen durchzugehen. In der Bağdat-Straße gab es keine kleinen Cafés, sie waren alle so groß wie die Raststätten an den Busterminals. Ich setzte mich in eins dieser Cafés, drinnen erklang eine herzzerreißend Gitarrenmelodie. Das war Musik für Raststätten der Überlandbusreisen. Die Kombination von Musik und Lokalität gab mir das Gefühl, in einer Raststätte entlang eines Weges zu sein. Vielleicht, weil Elif und ich nun getrennte Wege gingen.

Ich nahm einen Schluck von dem starken Kaffee, entfaltete das Blatt mit den Fragen für die Konditorei und überflog sie. Die Interviews an den Orten, die geschlossen wurden, hatte ich in einem gesonderten Dateiordner gespeichert. Nicht, dass ich sie bräuchte. Ich brachte es bloß nicht übers Herz, sie zu löschen. Ich bewahrte sie auf, um sie Jahre später zu löschen. Nun musste ich mich aber auf die Orte konzentrieren, die noch nicht aufgegeben waren und überlebt hatten. Wie die Bäckerei, zu der ich gleich gehen würde, und von dort zu dem unabhängigen Kino in Kadıköy. Aufgrund der dauernden gesundheitlichen Probleme des Mannes mit den buschigen Augenbrauen, mit dem der Termin vereinbart war, hatten wir das Treffen zunächst auf nach dem Sommer und dann bis auf den heutigen Tag verschoben.

Am hinteren Tisch schrie ein Junge in unregelmäßigen Abständen, er klang wie ein mit zu hoher Drehzahl fahrendes Auto. Ich konnte keinen Gedanken fassen. Seine Mutter intervenierte nicht, wohl, weil sie längst taub geworden war. Nach einer Weile erreichte der Lärm das Ausmaß chinesischer Folter. Mit sichtbarem Ärger schob ich die Papiere von mir weg, drehte mich um und befand mich Auge in Auge mit der Mutter. Sie warf mir einen Blick zu, wie wenn sie sagen wollte: »Mich kostet es mein ganzes Leben, da kannst du das wohl zwei Minuten aushalten.« In ihren kleinen, müden, tiefliegenden Augen lag eine dreiste Herausforderung. Nur weil wir uns in demselben Café befanden, bekam ich aus heiterem Himmel ein verdecktes Angebot zur Mittäterschaft. Ich hatte keine Chance, es abzulehnen.

Der Junge mit dem Spiderman-Pullover machte ein paar Schritte auf mich zu und lächelte. Mir fiel die Spinne bei Elif zu Hause ein. Ob sie wohl tot war? Ich sah ihn an, ohne meinen Gesichtsausdruck zu verändern, sein Lächeln erwiderte ich nicht. Seine Mutter beobachtete mit Entsetzen, wie ich dieses Verbrechen gegen die Menschheit beging. Es war ihr scheißegal, dass Elif und ich uns vor Stunden getrennt hatten und was ich fühlte, als ich ihren Schlüsselbund in der Diele ablegte. Dass die Kapitel meines Buches, an dem ich Tag und Nacht gearbeitet hatte, eins nach dem anderen zu Müll wurden und die nervöse Zuckung an meinem linken Auge sich verschlechterte, war ihr egal. Sie nahm den Süßstoffspender, drückte ihn über ihrem Tee zusammen und zündete sich mit einem phosphorgelben Feuerzeug eine extrem dünne Zigarette an. Süßstoff und dünne Zigaretten, genau das richtige Menü für Nervenkranke.

Unter den anhaltenden Schreien des Spiderboys kam mir Elifs Gesicht in den Sinn, das ich beim Gähnen erwischt hatte und das sich für einen Moment in ein Monster verwandelt hatte. Dann unser verdruckstes Gespräch in ihrem Wohnzimmer. An dem Tag hatte sie auch geglaubt, jemand anderen auf dem Foto zu sehen, war aber von meiner Reaktion eingeschüchtert und löschte es. Dann war es ihr nicht mehr aus dem Sinn gegangen, sie hatte das Foto immer wieder vor sich gesehen. Und als sie neulich früh morgens aus der Toilette kam, hatte sie mir mit dem Telefon ins Gesicht geleuchtet. Ihr war, als würde sie wieder den Mann sehen, der mir ähnelte, aber nicht ich war. Sie hatte nicht gewusst, was sie tun solle. Erst zweifelte sie an ihrem Gefühl, aber dann hatte sie sich trotzdem nicht mehr zu mir ins Bett legen können. Schließlich lag jemand in ihrem Bett, den sie nicht kannte. Weckte sie ihn auf, würde er wieder zu dem, den sie kannte. Das ist nicht so einfach, wie einen schnarchenden Partner anzustupsen. Sie hatte sich aus gutem Grund ins Wohnzimmer geflüchtet.

Deshalb fand ich sie dort in diesem Zustand vor. Sie erzählte mir alles und sagte, dass wir nicht im selben Bett schlafen könnten. Sie machte ohnehin eine schwierige Phase durch, ihre Nerven waren angespannt. »Wahrscheinlich liegt es an mir«, sagte sie. Viel wahrscheinlicher aber war sie von mir beeinflusst worden. Sie sagte, sie könne diese Situation nicht ertragen und wolle eine Weile allein sein. Ich hatte so seltsam darauf reagiert, dass ich mich nicht daran erinnern wollte. Seltsam genug, um sie von der Richtigkeit ihrer Entscheidung zu überzeugen. Schließlich hatte ich der Trennung sofort zugestimmt.

Ich verlangte die Rechnung, ging aufs Klo und stand am Pissoir. Plötzlich tauchte ein großer Mann auf und stellte sich an das Pissoir daneben. Es schien mir, als würde er die Luft anhalten und mir zuhören, auf mich warten. Sofort wurde ich nervös und konnte nicht mehr pinkeln. Ich schloss die Augen und stellte mir vor, ich wäre allein. Ganz allein auf der Welt, übertrieb ich. Ich wäre allein auf die Welt gekommen und würde auch allein sterben. Und dann pinkelte ich auch schon.

Als ich das Café verließ, hatte der Platzregen gerade aufgehört. Silhouetten mit Regenschirmen kamen im Gegenlicht auf mich zu, wie Männer mit Stöcken, die mich dafür bestrafen wollten, dass ich den Spiderboy und seine Mutter schlecht behandelt hatte. Als sie sich näherten, verwandelten sich die ersten von ihnen in Anwohner des Viertels mit Regenschirmen. Ich ging zu Fuß zur Konditorei.

Der Besitzer rauchte vor der Tür. Er war fast zwei Meter groß. Bei der Internetrecherche hatte ich sein Passfoto gesehen und dachte, er wäre so groß wie ich. Du denkst, jede Person, die du auf einem Passfoto siehst, ist so groß wie du. Und es gibt jedes Mal eine Überraschung, wenn sie größer oder kleiner ausfällt. Diesmal war es eine große Überraschung. Ich bezog mich auf unser Telefonat und stellte mich vor. Wir gaben uns die Hand und gingen hinein. Setzten uns wie zwei Gäste an einen Tisch. Er bat um Entschuldigung und stand auf, um selbst den Tee zu holen. Am Nebentisch riefen zwei alte Frauen mit auftoupierten Haaren die Kellner beim Namen, fragten ständig nach etwas, mäkelten an etwas herum und stornierten Bestellungen. Ein echter Stammgastterror. Als der Besitzer mit dem Tee zurückkam, holte ich die Fragen hervor, stellte das Telefon auf Aufnahme und legte los. Er gab mittelmäßige Antworten und banale Geschichten von sich. Zwangsläufig stellte ich Vergleiche mit der anderen Konditorei an und sah schwarz. Das ist es nicht wert, sei nicht so pessimistisch. Bin ich aber!

Ich verließ die Konditorei und hielt Ausschau nach einem Sammeltaxi. Alle fuhren sie voll besetzt vorbei. Ich würde mich zum Kino-Interview verspäten. Dann bemerkte ich ein leeres Taxi auf der mittleren Fahrspur und hob die Hand. Er fuhr rechts ran und hielt an.
»Nach Kadıköy bitte.«

Im Rückspiegel weiteten sich die Augen des Fahrers hasserfüllt. Er hasste mich für die kurze Strecke, maulte vor sich hin und teilte nach rechts und links aus. In seinen hektischen Blicken lag das Unbehagen derer, die in ständiger Angst leben, dass ihnen jederzeit und überall Unrecht widerfährt. Im Radio lief Verkehrsfunk, *Trafik FM*. Wir befanden uns im dichten Verkehr und der Verkehrsfunk sendete endlose Kommentare zum dichten Verkehr. Dann berichtete ein Bürgerreporter, telefonisch zugeschaltet, mit morbidem Vergnügen über einen Unfall.

Nach einem langen Schweigen, das nur durch das Gemurre des Fahrers unterbrochen wurde, entschied er sich, in allen Details und in epischer Länge von dem Bankkredit zu erzählen, den er Mühe hatte abzubezahlen. Auch ihm war unsere Trennung, die in die Tonne getretenen Buchkapitel und die nervöse Zuckung völlig egal. Das Zucken an meinem linken Auge war schlimmer geworden. Könnte es an meinem Auge gelegen haben? Aber Elif hatte es auch gesehen. Vielleicht hatte sie sich geirrt, sie war von meinem Verhalten beeinflusst, so eine Art kollektive Halluzination. Hatte ich sie angesteckt? So etwas ist doch immer ansteckend. Elif hatte sich in letzter Zeit sehr verändert, ich vermutlich auch. Vielleicht hatte sie sich meinetwegen verändert? Wer soll das denn sein, Schatz, natürlich bist du das. Du siehst ein wenig anders aus. Es wird an der Blende oder der Beleuchtung liegen. Sah ich nur anders aus, oder hatte ich mich etwa in jemand anderen verwandelt? Hatte Elif diesen Mann auch gesehen? Hatte sie sich geirrt? Hatte sie eine optische Täuschung oder war es eine Ausrede, mit der sie mich loswerden wollte? Dies wäre die schlimmste aller Möglichkeiten. Aber Elif war nicht so, sie war der ehrlichste Mensch, den ich kannte. Was auch immer, ich musste den ständig verschobenen Arztbesuch in Angriff nehmen. Vielleicht gäbe es dann für alles eine logische Erklärung und es ginge mir wieder gut. Ich beschloss, einen Termin in der Augenabteilung eines Krankenhauses zu vereinbaren, sobald ich zu Hause war.

»Was ist Ihre Heimat?«
Bei dieser Frage entsann ich mich, dass ich im Taxi saß. Ich hatte längst aufgehört, dem Fahrer zuzuhören, dessen Stimme sich mit dem Gedröhne vom *Trafik FM* vermischte. Ich antwortete lustlos.
»İstanbul.«
»Mensch, İstanbul ist doch keine Heimat, Abi, wo kommst du ursprünglich her?«

3. Es könne sich um eine verdeckte Fehlsichtigkeit handeln

Im Herzen eines jeden Kindes steckt
ein Kind, das größer ist als es selbst.

Ece Ayhan: Meçhul Öğrenci Anıtı
[Denkmal des unbekannten Schülers]

Wenn ich ins Krankenhaus gehe, bin ich ein anderer Mensch. Ich bin dann jemand, den ich nur entfernt kenne, seelenlos, unsicher und scheu. Wie ein ferner Verwandter, der in der Ecke des Wartezimmers kauert. Bei der Untersuchung, wenn ich dem Arzt gegenüberstehe, ist es noch schlimmer. Dann bin ich jemand, von dem ich nur die Beschwerde kenne, nicht aber weiß, wer er ist.

Im Wartezimmer der Augenklinik war ich wieder jemand anderes. Ich befand mich mitten in einer Piratenschiffkarikatur. Überall waren Männer, Frauen, Kinder mit Augenklappen. Leute rannten geschäftig herum. Ein Mann ging mit einem Stirnverband den Gang entlang. Operation am dritten Auge. Von meinem Platz aus blickte ich auf die geschlossene Tür der Augenärztin, von der es hieß, sie würde mich behandeln. Alle außer mir schauten auf den Musikclip im Fernseher. Bis auf die junge Frau, die in einem Buch las. Sie hatte kurze schwarze Haare, Tätowierungen an den Armen und am Hals und las ein Buch von Bataille. Es war nur das falsche Buch, es hätte »Die Geschichte des Auges« sein müssen, das würde besser hierher passen. Schon nahm in meinem Kopf eine Liste von Büchern Gestalt an, die im Wartezimmer einer Augenklinik zu lesen wären.

→ **Georges Bataille**: »Die Geschichte des Auges«
→ **John Berger**: »Sehen«
→ **Richard Sennett**: »Die offene Stadt«
→ **Vladimir Nabokov**: »Das Auge«
→ **Elias Canetti**: »Die Verblendung«
→ **José Saramago**: »Die Stadt der Blinden«

Ich wurde pünktlich aufgerufen. Die Ärztin war eine Frau mittleren Alters, mit einem melancholischen Gesichtsausdruck. Wir grüßten uns, ich setzte mich ihr gegenüber und erzählte ihr mein Leiden. Sie vermutete ein Augenleiden als Ursache meiner Beschwerde. Ich sagte, ich hätte keine Probleme mit dem Sehen, auch das Lesen würde mich nicht anstrengen. Es könne sich um eine verdeckte Fehlsichtigkeit handeln. Sie tropfte mir was ins Auge. Sagte, sie würde in einer halben Stunde nachsehen. Ah ja, es war mir bis morgen früh untersagt zu lesen. Das Bild begann bereits zu verschwimmen. Wie nett von ihr, das erst zu sagen, nachdem sie mir was ins Auge getropft hatte. Bis morgen früh mussten die Fragen für das Interview in der Kunstgalerie vorbereitet sein. Unnötigerweise geriet ich in Panik. Wenn ich das gewusst hätte, hätte ich erst das erledigt und wäre dann ins Krankenhaus gegangen. Meine Wut auf die Ärztin, deren Gesicht zunehmend unscharf wurde, wuchs. Wehrlos ging ich hinaus und setzte mich hin.

Ich wartete darauf, erneut aufgerufen zu werden und hatte große Lust, das mitgebrachte Buch zu lesen. Seit dem Zeitpunkt, wo es mir untersagt war zu lesen, steigerte sich meine Leselust. Die Ärztin hatte mich am Arm gepackt und in eine Art »Fahrenheit 451« geschleudert. Es war verboten, ein Buch zu lesen. Bis morgen früh. Die Tür des Behandlungszimmers war jetzt weiter weggerückt und sah trostlos aus. Die Bataille lesende tätowierte junge Frau war nicht mehr da. Die anderen waren ein Brei aus Fleisch, Haaren und Stoff. Es war schwer zu sagen, wer bereits da gewesen und wer neu hinzugekommen war. Ich kramte das Telefon heraus, suchte mit brennenden Augen nach der Nummer der

Kunstgalerie und rief an. Ich schilderte meine Situation und sagte, ich würde den Termin verschieben wollen. Der Eigentümer hatte volles Verständnis.
»Überhaupt kein Problem, gute Besserung. Rufen Sie an, wann immer Sie wollen, außer montags bin ich jeden Tag hier.«

Ich musste aufs Klo, stand auf und durchquerte den verschwommenen Korridor, in dem unscharfe Blumenbilder hingen. In der großen Krankenhaustoilette war niemand zu sehen. Drinnen brannte mir die weiße Farbe in den Augen. Ich kniff sie zusammen und pinkelte. Als ich mir die Hände wusch, blickte ich auf und schaute auf das wilde Spiegelbild. Vor mir stand ein verwischtes Gesicht, ein fleischiges Gewebe unbestimmten Ausdrucks. Ich starrte es eine Weile an. Dieser schreckliche Anblick besänftigte mich, machte mich geradezu glücklich. Ich lächelte, das fremde Gesicht auf dem Foto könnte doch von einem Augenleiden herrühren. Das Lächeln fand im Spiegel keine Entsprechung, dennoch war ich mir des Lächelns ganz sicher.

Als ich zurückkam, war mein Platz besetzt. Auf dem Sessel, von dem ich vorhin aufgestanden war, saß ein Mann. Er war etwa so alt, so groß, so schwer und so ähnlich gekleidet wie ich. Sein Gesicht war nicht zu erkennen. An meinem Platz sitzend, schaute er auf sein Telefon, als würde er die Kunstgalerie anrufen und das Interview verschieben wollen. Ich fühlte einen eisigen Wind in mir aufkommen. Als der Mann, vor dem ich stand, sich gestört fühlte und mir sein verschwommenes Gesicht zuwandte, entfernte ich mich fluchtartig. Ich fand einen leeren Platz und setzte mich hin, atmete tief durch die Nase, versuchte mich zu beruhigen und wartete. Eine halbe Stunde später wurde ich von einem anderen Arzt zum Sehtest gebeten. Vielleicht konnte ich das Gesicht wegen der Wirkung der Tropfen nicht ganz erkennen. Nein, nein, auch die Stimme war anders.

Wie in einem Schützengraben saß ich hinter einer Vorrichtung mit wechselnden Linsen und versuchte, die an die Wand projizierten Buchstaben zu lesen. »Ist es so besser, oder so?« Obwohl ich mir nicht ganz sicher war, entschied ich mich für etwas. Ich hatte Angst vor meinem Fehlurteil und einer darauf basierenden Fehldiagnose. Die Fragerei zog sich ins Endlose. »Ist es so besser oder so?«, das wurde so oft wiederholt, bis sowohl die Frage und die Buchstaben als auch der Begriff »Besser« ihren Sinn verloren.

Als der Fragenschauer vorüber war, suchten wir zusammen die Ärztin auf. Nachdem sie eine Weile miteinander geredet hatten, war ich wieder mit der Ärztin allein. Ihr Gesicht war nun völlig verschwunden. Da ich ihr Gesicht nicht mehr erkennen konnte, nahm ich nur wahr, dass sie eine melancholische Stimme hatte. Ich hätte eine minimale Sehstörung. Allerdings wäre es nicht sehr wahrscheinlich, dass diese das Zucken auslöse. Es sei aber für mich von Vorteil, eine Schonbrille zu tragen. Eventuell würde ich so die Beschwerden loswerden. Sonst sei alles in Ordnung. Sie verschrieb mir eine Brille und sagte: »Ich hätte gern auch ein MRT. Zwar hat die Beschwerde nichts mit dem Gehirn zu tun, aber wir sollten dennoch sichergehen.« Ich schluckte entsetzt. Als sie sagte, »Das MRT-Labor ist ohnehin eine Etage höher«, machte sich ein klammes Gefühl in meiner Brust bereit, als würde ich dieses Krankenhaus für den Rest meines Lebens nicht mehr verlassen können. Sie schrieb einen Zettel und drückte ihn mir in die Hand.

Ich stieg die verschwommenen Treppen hoch und lief den verschwommenen Flur entlang. Das verschwommene Labor war wie verwaist. Ich reichte den Zettel am Eingang dem Pfleger und sagte, »Es soll ein MRT gemacht werden«, und tat dabei so unbeteiligt wie möglich. Mir wurde gesagt, ich könne gleich dableiben. Ich trat ein, zog Mantel und Pullover aus und nahm die Uhr ab, alles wurde in einen Raum weggesperrt. Ich legte mich auf die verschwommene Liege am Eingang der weißen Röhre, wusste, dass die Liege in die weiße Röhre geschoben werden und ich dort drinnen merkwürdige Geräusche hören würde. An diesem Punkt war ich mit meinem MRT-Latein am Ende. Ich wusste zum Beispiel nicht, wie viel Zeit ich darin verbringen würde. Dabei war dies das wichtigste Detail. Ich fragte nach. Oha, es sollte eine halbe Stunde dauern. Hätte ich nicht nachgefragt, hätte mir der verschwommene Schnauzbart nichts gesagt. Ich bekam eine Pumpe in die Hand, ich sollte drücken, wenn ich mich schlecht fühlte. Es war unser einziges Kommunikationsmittel. Sie stülpten mir eine Art Vogelkäfig über den Kopf. Mein Nacken war bereits stocksteif und zuckte innerlich vor lauter Bewegungsdrang. Ein seltsames, deprimierendes, düsteres Gefühl ergriff meinen Brustkäfig und passte damit zu dem Vogelkäfig auf meinem Kopf. Ich bekam noch Kopfhörer aufgesetzt. Zuvor sagte eine Stimme über mir, dass es da drinnen sehr laut werden und ich ihn nicht mehr hören würde, sobald ich die Kopfhörer aufhatte. Das waren seine letzten Worte. Als ich nichts mehr hörte, hielt ich die Pumpe fester in der Hand, sie war mein letzter Halt.

Langsam glitt ich in die Röhre, sie war enger, als ich gedacht hatte. Die Geräusche, die ich wahrnahm, waren unangenehmer, als ich erwartet hatte, obgleich sie zum größten Teil vom Kopfhörer unterdrückt wurden. Die Geräusche erinnerten an den Baustellenlärm bei mir zuhause. Ich fühlte mich sozusagen fast heimisch. Ich versuchte mir vorzustellen, es sei Stromausfall und ich säße zu Hause. Das half nicht viel. Nach einer Weile fühlte ich mich wie bei meiner eigenen Beerdigung. Man hatte mich mittels eines Krans einbetoniert. Die Leute, die mich in die Ewigkeit verabschiedeten, standen oben in einer Reihe, wie auf den Fotos auf dem Wohnzimmerschrank meiner Oma. Sie trugen das Foto dieses Mannes am Revers. Ärgerlicherweise waren direkt an meinem Grab Straßenbauarbeiten zugange. Diese Geräte, die Löcher in den Asphalt bohrten. Arbeiter mit Gehörschutz, wie ich gerade einen aufhatte. Über meinem Grab wurde eine Straße asphaltiert. Wie viel Zeit war wohl inzwischen vergangen, fünf Minuten, fünfundzwanzig? Ich zwang mich, an andere

Dinge zu denken, mit diesen Gedanken verging die Zeit jedenfalls nicht schneller.

Mir kam die Kindheitserinnerung an mein Verschwinden in den Sinn. Sie war besser als der Trip, lebendig begraben zu werden. Wir waren auf dem Markt, dem Klischeeort für das Verschwinden von Kindern. Auch ich ging, weil ich für einen Moment die Hand meiner Mutter losließ, verloren. Ich erinnere mich an die darauffolgende eiskalte Panik, als wäre es gestern gewesen. Ich fasste die Pumpe fester, wie die Hand meiner Mutter. Es war schon eine Weile her, dass diese Anekdote in meinen Gedanken aufgetaucht war, sie hatte hinterlistig auf diese Gelegenheit gewartet.

Wohl angeregt durch die Geschichte mit dem Verschwinden, erinnerte ich mich an die Filmliste zum Thema Verschwinden. Im Kopf ordnete ich die Liste neu. Das tat sehr gut. Ich merkte, dass wir mit der Liste nicht durch waren. Es waren noch ein paar Filme, die wir uns nicht angeschaut hatten. Elif war nicht da. Ihre Abwesenheit senkte sich schwer auf den Käfig auf meinem Gesicht. Drinnen wurde es plötzlich stickiger und enger, meine Panik vermischte sich mit dem Drang zum Weinen. Seit wann war ich schon hier drin, wie lange dauerte es noch, bis ich rauskam? Mein Zeitgefühl kam mir langsam abhanden. Der Käfig auf meinem Gesicht wurde warm und schwer, er knetete und formte es wie einen Teig, verwandelte es in das Gesicht des Mannes auf dem Foto. Die Augen fest zugedrückt, versuchte ich mich gegen die Verwandlung zu wehren. In dieser weißen und lärmenden Welt hatte ich nichts anderes als diese Pumpe in der Hand.

4. Die große Erleichterung

Warm gleitend,
Kehr zurück, Leben

Nilgün Marmara: Cam Kelepçeye Evet
[Ja zu gläsernen Handschellen]

Als ich unterwegs war, um die MRT-Ergebnisse abzuholen, fühlte ich mich wie jemand, der stellvertretend für mich ins Krankenhaus ging. Als wäre ich der Mann auf dem Foto. Denk nicht an diesen Mann. Denke ich aber. Denk halt nicht an ihn! Ich durchlief die in jedem Detail bedeutungslosen Straßen, die mich zu meinem MRT-Ergebnis führten, und kam im Krankenhaus an. Ich holte den Bericht ab und wartete auf die Ärztin. Je länger das Warten dauerte, desto mehr stiegen die schlimmsten Befürchtungen in mir auf und raubten mir den Atem. Aus dem Fernseher im Krankenhauswartezimmer sprangen mich fröhliche Gesänge, übertriebene Tänze und einladende Gesten von gesunden, enthusiastischen, sinnlichen Menschen voller Leben an. Als ob sie auf mir herumtanzten: »Hier ist kein Platz für ungesunde, faule, blutleere Fieslinge wie dich.«

Wie dem auch sei, mir fehlte nichts. Ich war erleichtert, meine Sinne kamen zurück, mehr noch, ich war wieder ich. Man fand nur eine Zyste in meinen Nebenhöhlen. Bei dem Begriff »Zyste« schauderte es mich etwas, aber die Ärztin legte mir sehr überzeugend dar, dass sie harmlos sei. Außerdem hatte diese Zyste nichts mit dem Auge zu tun, also kein Grund zur Sorge. Erst fühlte ich mich erleichtert, als wäre ich nach einem kilometerlangen Marsch unter sengender Sonne ins Meer gesprungen. Als ich aus der Tiefe an die Oberfläche glitt, verschwand das Wohlbehagen der Erleichterung. An seine Stelle trat die Wut auf die Ärztin, die mich ohne Not so gepeinigt hatte. Ihretwegen hatte ich das Treffen mit der Kunstgalerie verschoben, eine halbe Stunde lang Höllenqualen erlitten, meine Kindheitstraumata waren aus dem Nichts wieder aufgetaucht, und ich sah wegen der offensichtlich nutzlosen runden Hornbrille aus wie Harry Potter.

Ich fasste für meine Mutter zusammen, was passiert war. Wie üblich, erst nach dem alles vorbei war, damit sie sich nicht aufregte. Wie immer regte sie sich darüber auf, dass ich ihr alles erst im Nachhinein erzählte. »Immer tust du das«, beschwerte sie sich. Sie hatte recht damit. Was war besser, dass sie etwas vorher erfährt und sich Sorgen macht oder es erst im Nachhinein erfährt und sich deswegen ärgert? Und natürlich stolperte sie über die Zyste in den Nebenhöhlen. »Eh, sie soll harmlos sein, ich habe nachgefragt«, sagte ich, aber sie ließ sich nicht überzeugen. »Wir sollten trotzdem noch Onkel Erdal konsultieren«, sagte sie und als ich fragte, »Wer bitte ist Onkel Erdal?«, schalt sie mich, sie könne einfach nicht glauben, wie ich ihn habe vergessen können. Sie versuchte, ihn mir in Erinnerung zu rufen und erzählte eine Menge merkwürdige Anekdoten, vergebens. Am Ende gab sie verzweifelt auf und sagte: »Egal, du erinnerst dich schon, wenn du ihn siehst.« Er soll mich von klein auf behandelt haben und sei nun ein HNO-Arzt von Weltrang. Dieser Satz, den meine Mutter wie eine banale Selbstverständlichkeit von sich gab, hallte in seiner ganzen Seltsamkeit ein paar Mal in meinem Kopf nach: Ein HNO-Arzt von Weltrang. »Ich suche ihn schon selbst auf, mach dir keine Umstände«, sagte ich. Es gab für mich kein Entrinnen, sie würde einen Termin vereinbaren.

Ich betrat die Wohnung, hatte Sehnsucht nach Berna, nahm sie auf den Arm, liebkoste, drückte und küsste sie. Am Ende wurde es ihr zu viel, sie sprang herunter und schaute mich böse an. Dieser Blick von ihr bringt mich jedes Mal zum Lachen. Im Haus gegenüber war wieder Tanz angesagt, als sei nichts geschehen. Als hätten Elif und ich uns nicht getrennt.

Alles war unverändert: Der Botanische Garten aus Salatköpfen, die Katze vom Elektriker, die aussah, als hätte sie einen Stromschlag erlitten, das Routineschnüffeln des Hundes aus der Nachbarschaft, das Kurzmantel-Anprobe-Ritual in dem Ladenlokal, die hygieneblauen Plastiküberschuhe, der leere Touristenbus und der Baustellenlärm. Der Lärm erinnerte mich an die weiße Röhre, in die ich für das MRT geschoben wurde, und es wurde mir eng um die Brust. Als läge ein Käfig auf meinem Gesicht. Auf welchem meiner Gesichter? Denke nicht ständig an diesen Kerl. Mir war, als hielte ich eine Pumpe in der Hand.

Das Telefon klingelte. Meine Mutter hatte einen HNO-Termin für nächste Woche vereinbart. Ich griff zum Schreibblock und notierte Datum, Uhrzeit und Ort. Nach dem Telefonat zog ich mich in meine Arbeitsecke zurück und schlug den Terminkalender auf. Der Termin fiel zwar auf den gleichen Tag wie mein verschobenes Interview in der Kunstgalerie, aber die Uhrzeiten überschnitten sich nicht. Ich würde erst in die Galerie und von dort aus zum HNO-Arzt in Maltepe gehen.

Ich war sehr müde, zog ein **Faith No More**-T-Shirt aus meiner Kollektion von Bands, die ich nicht mehr hörte, und eine schwarze Jogginghose an, streckte mich auf dem Sofa aus und schlief augenblicklich ein. Im Traum befand ich mich in einem Botanischen Salatgarten. Überall standen Männer in Anzügen mit blauen Plastiküberschuhen auf dem Kopf. Und es gab Hasen mit roten Augen, die am Lattich nagten. Drüben führten gesichtslose Kinder Folkloretänze auf, vor einer Leinwand, auf die ein loderndes Feuer projiziert war. Ich fühlte starke Finger mich von hinten greifen, fuhr zusammen und drehte mich um. Die Frau mit dem nassen, nach vorne gekämmtem Haar näherte sich mir, als würde sie gleiten. Ihre Augen, die hinter ihrem Haar undeutlich zu erkennen waren, waren rot wie die der Hasen. Ihr Kopf fiel mit einer harten, plötzlichen Bewegung zur Seite, begleitet von einem abscheulichen Knacken, wie wenn ihr Genick gebrochen wäre. Wie ein Verrückter rannte ich los. Ich zerdrückte den Salat unter meinen Füßen und trug Kopfhörer auf dem Kopf. Einen überdimensionalen MRT-Kopfhörer, aus dem eine furchtbare Sirene heulte, die immer lauter wurde.

Ich wusste nicht, wie lange ich schon auf dem Sofa schlief, hatte aber noch das Sirenengeheul im Ohr. Als ich hörte, wie eine Tür aufgesperrt wurde, zog sich alles in mir zusammen. Es war meine Wohnungstür. Elif konnte das nicht sein, sie hatte keinen Schlüssel. Selbst wenn, wir hatten uns doch getrennt. Ich setzte mich auf und starrte die Tür an. Es war Serap. Sie hatte den Ersatzschlüssel von meiner Mutter bekommen, für den Fall, dass ich nicht zu Hause sein sollte.
»Du hättest wenigstens klingeln können« maulte ich, noch immer benommen von Angsttraum und Grauen und bereute es sofort.
»Ich soll nicht geklingelt haben, Herr Kahraman? Seit zehn Minuten drücke ich auf die Klingel. Es tut mir trotzdem leid.«
»Ich muss mich entschuldigen, Serap, ich bin nur halb wach und rede Blödsinn. Das ist schon in Ordnung, auch, dass Mutter dir die Schlüssel gegeben hat, ich bin ja nicht immer zu Hause. So kannst du jederzeit rein und brauchst nicht zu klingeln.
Uff! Wie ist es so schnell morgens geworden?«

Woran ich eigentlich dachte, war: »Wieso hatte ich die Türklingel nicht gehört, obwohl ich einen leichten Schlaf habe.« Mir kam dieser Mann in den Sinn. Vielleicht war er derjenige, der einen tiefen Schlaf hatte? Ich war vom Schlafen auf dem Sofa ganz zermürbt. Wie immer. Außerdem hatte ich die Fragen für das Kino nicht vorbereiten können. Meinem Auge ging es schon besser, ich sah alles deutlicher. Wahrscheinlich, weil ich wusste, dass nichts am Auge war oder, weil es mir gutgetan hat, länger zu schlafen.
Wir waren im Wohnzimmer. Serap staubte die Bücher ab und ich arbeitete, ich hatte die Harry Potter Brille aufgesetzt. Es sah so aus, als ob das unabhängige Kino in Beyoğlu das umfassendste und wichtigste Kapitel des Buches werden,

womöglich auf das Buchcover kommen würde. Ich hörte, wie Serap wieder vor sich hin redete, es störte mich aber nicht. Es war sogar wohltuend, Seraps verstreuten Gedanken wie Hintergrundmusik zuzuhören und dabei zu schreiben. Auch Berna war mit ihr warm geworden. Das konnte man daran sehen, wie sie ihre Nähe suchte, sich zu ihren Füßen zusammenrollte und eindöste.
Ich war völlig in die Arbeit vertieft, als ich urplötzlich von einem heftigen Kopfschmerz attackiert wurde. Ich schloss die Augen und wartete. Durch den Schmerz verlor die vor mir liegende Arbeit ihren ganzen Sinn. Ich entnahm der Medikamentenschublade eine blaue Advil und arbeitete weiter. Das Kinokapitel war quasi fertig. Ich speicherte es ab, ging aufs Klo, pinkelte, und beim Rausgehen schaute ich in den Spiegel. Ich war wie jemand anderes. Eine Unruhe breitete sich in mir aus.

Die Woche darauf saß ich wieder in einem Warteraum mit grellem Neonlicht, einer blauen Wasserflasche am Wasserspender, ein paar Pflanzen, einigen nichtssagenden Bildern an den Wänden. Neben mir saß eine Frau, löste voller Ehrgeiz Kreuzworträtsel und erinnerte mich an den Mann, der beim Sudokulösen Rakı pur trank. Das Gespräch zuvor in der Kunstgalerie war sehr gut verlaufen. Auch die Fotos gefielen mir, die ich während des Interviews gemacht hatte. Wenig später wurde ich aufgerufen, Doktor Erdal empfing mich an der Tür. Mutter hatte zwar behauptet: »Du wirst dich an ihn erinnern, wenn du ihn siehst«, aber ich konnte mich definitiv nicht an diese Person erinnern. »Du hast dich überhaupt nicht verändert«, sagte er. »Sie auch nicht«, improvisierte ich. Er nahm den MRT-Bericht aus dem Umschlag. Während er den Bericht las, schaute ich mich um. Mein Blick blieb bei den Fotos auf dem Fenstersims hängen. Als ich seine Fotos aus den frühen Jahren sah, erinnerte ich mich auch gleich an ihn, sehr gut sogar. Meine Güte, wie hatte ich Onkel Erdal nur vergessen können? Mutter war zu Recht überrascht. Allerdings war er ziemlich gealtert. Er hätte sich nicht verändert, hatte ich vorhin zu ihm gesagt, und fühlte mich deswegen furchtbar unwohl. Als hätte ich ihn verhöhnen wollen. Ich sah mir das Foto noch einmal an. Warum stellt jemand ein Foto aus seinen jungen Jahren an einem so öffentlichen Ort aus? Etwa, damit die Leute es sich ansehen und »Er ist aber sehr gealtert« sagen? Er räusperte sich. Ich wandte meinen Blick von dem jungen Mann auf dem Foto zu dem alten Mann mir gegenüber, da wurde mir etwas schwindelig.

Die Zyste sei ungefährlich, meinte auch er. Ich bat ihn, dies auch meiner Mutter zu erklären, er versprach es zu tun. Er sagte, da ich schon mal da sei, wolle er auch gleich eine Routineuntersuchung durchführen. Kaum, dass ich auf dem lederbezogenen Behandlungsstuhl saß, ging auch schon die Folter los. Schneller, als ich erwartet hatte. Er stieß einen langen, dünnen Stab durch die Nase in mein Gehirn. Es tat zwar nicht weh, aber ich verlor fast den Verstand. Es war, als ob ein langer, dünner Tausendfüßler mit giftiger Wendigkeit durch meine Nase kroch, Richtung Gehirn. Für einen Moment sah ich alles weiß.

Der Arzt beobachtete die Bilder, die die Mikrokamera am Stabende auf den seitlichen Monitor übertrug und kommentierte sie. Auch ich schaute auf den Monitor. Wir sahen aus, als würden wir uns einen Film anschauen, wenn auch in einer ziemlich unbequemen Position. Dann glitt mein Blick wieder auf sein Jugendfoto. Mit dem Stab, den er mir in die Nase gesteckt hatte, wurde ich in die Vergangenheit zurückversetzt, als meine Eltern noch zusammen waren und Onkel Erdal uns besuchen kam, eine Schachtel mit Süßigkeiten in der Hand. Ich sah alles vor meinen Augen, als wäre es gestern gewesen. Ich erinnerte mich an ihr Aussehen, ihre Unterhaltungen, daran, wie ich mich, bereits im Pyjama, gegen den Schlaf wehre, um bei ihnen zu bleiben, und trotz meines Widerwillens ins Bett gebracht wurde. Erinnerte mich an das im Korridor angelassene Licht, mein halbdunkles Zimmer, die Möbel darin und wie ich versuchte, unter dem Vorwand, pinkeln zu müssen, sie zu kontrollieren und dabei von Onkel Erdal erwischt wurde, der mir aus dem Wohnzimmer zuwinkte.

Die Untersuchung war zu Ende, der Tausendfüßler entfernte sich. Wir setzten uns wieder an den Tisch. Ich hätte eine leichte Nasenbeinkrümmung, sagte er. Dabei sieht sie von außen gerade aus, war aber wohl doch schief! Mir fiel ein, dass Elif mir erzählt hatte, mein Atem würde manchmal beim Schnarchen aussetzen, so, als wäre ich am Ersticken. Ich dachte, es könnte etwas mit der Krümmung zu tun haben und erzählte es ihm. Hätte ich bloß nicht. Onkel Erdal nahm diese neue Information ernster, als ich geahnt hatte. »Zyste und Verkrümmung sind nicht der Rede wert, aber das hier schon«, sagte er. Ich war schon wieder in den Händen eines Arztes gefangen, ihm schutzlos ausgesetzt und wartete auf Anweisungen. Er empfahl mir, in ein Schlafzentrum zu gehen. Ich musste ihn sehr entsetzt angeguckt haben, also klärte er mich in aller Ruhe darüber auf. Man würde mich für eine Nacht in der Station für Schlafstörungen aufnehmen und beobachten, während ich schlief. Mir war klar, er würde mit Mutter darüber reden. Ich stimmte notgedrungen zu, und sofort wurde ein Termin mit dem Schlaflabor vereinbart, für den Tag vor meinem Termin bei dem Antiquitätenhändler in Cihangir. Ich würde zuerst als Übernachtungsgast in die Station für Schlafstörungen gehen und am nächsten Morgen von dort aus zum Antiquitätenhändler.

5. Und dann wieder Beton

Kaum, dass ich heute Morgen aufwachte
Bist du mir erschienen
Can Yücel: Dargın mıyız?
[Sind wir einander böse?]

Die Station für Schlafstörungen befand sich in der Gegend von Beylikdüzü, Fahrzeit eine Stunde und fünfzehn Minuten mit dem Metrobus. Ich stieg an der ersten Haltestelle ein und fand einen Sitzplatz am Fenster. Ein junger Mann, Typ Student, setzte sich neben mich. Gegenüber ließen sich zwei müde wirkende Frauen in den Sitz fallen. Eine junge Schwangere stieg in letzter Minute ein. Der junge Mann neben mir bot ihr seinen Platz an, sie setzte sich hin. Der Bus fuhr ab. Nach fünf, sechs Haltestellen wurde ich entsetzlich müde. Ich hatte gestern die Nacht über nicht geschlafen, weil ich mich in der Station nicht blamieren wollte, wenn ich mich schlaflos im Bett wälzte. Ich konnte schon unter normalen Umständen nicht einschlafen und wusste, dass ich an einem mir fremden Ort, an dem ich schlafen sollte, erst recht nicht würde schlafen können. Ich hatte es anderthalb Tage ohne Schlaf ausgehalten, und jetzt, in dem wie eine Wiege schaukelnden Fahrzeug, fiel es mir schwer die Augen offenzuhalten. Ich versuchte wach zu bleiben, Schlafen war in der Station angesagt. Schließlich gab ich meinen Widerstand auf. Als ich die Augen öffnete, saß mir ein Clown gegenüber. Er war von der Perücke bis zu den Schuhen kunterbunt. Das war kein Traum, denn mir fielen Details auf, die man beim Träumen nicht wahrnimmt: Seine Schuhe waren verschlammt, das Kostüm vom Waschen verblasst, seine Schminke verlaufen. Ich starrte auf seine aufgetrennten Hosenaufschläge.

Na also, es war kein Traum. Du kannst schon von einem Clown träumen, aber nicht von einem mit aufgetrennten Hosenaufschlägen. Offenbar war er an einem Verkaufsstand in einem Spielzeugladen eingesetzt, und man hatte seit Jahren sein Kostüm nicht erneuert. Die Frau neben mir schaute sich Fotos an. Es waren Fotos von ihrem Fötus. Sie kam wohl von der Kontrolluntersuchung. Sie sah sich die Bilder von ihrem ungeborenen Kind an. Ich war neugierig auf ihren Gesichtsausdruck dabei, traute mich aber nicht, mich zu ihr zu drehen und sie anzuschauen. Ihr fiel eins der Fotos aus der Hand, der Clown bückte sich danach und hielt es ihr hin. Ein ungepflegter Clown überreicht einer schwangeren Frau ein Fötusbild, das ihr heruntergefallen war. Wir waren gerade an der Haltestelle *Cennet Mahallesi*, Paradiesviertel, angekommen, mir fielen die Augen zu. Ich musste den Schlaf abwehren und ihn für die Station für Schlafstörungen aufheben.

Ich setzte mir die Kopfhörer auf, klickte auf das erste Album von **The Strokes**. Ich starrte aus dem Fenster und lauschte dem Gesang, der mit einem unverschämten Schmerz frei über den fast eintönigen, stur monotonen Gitarrenriffs schwebte. Es wurde langsam dunkel. Ich guckte auf die Betonwüste hinter dem Fenster und dachte an nichts. Zwischendurch, wenn auch selten und nur für ganz kurz, konnte man das Meer sehen. Es erinnerte für einen Augenblick an die wirkliche Welt und verschwand. Dann sah man eine ganze Weile wieder nur Betonbauten. Dann kurz das Meer. Und wieder Beton. Ist es besser so oder so? Und jetzt, ist es so besser oder so?

An der nächsten Haltestelle hielt der Bus vor einer gigantischen Plakatwand für Zahnpasta-Werbung. Darauf prangte, grafisch in der Mitte zweigeteilt, ein fast schon unheimlicher, gigantischer, lächelnder Mund, in dem die eine Hälfte der Zähne mit dem beworbenen Produkt geputzt war, und die andere Hälfte mit herkömmlicher Zahnpasta. Das Bild, das ursprünglich je zur Hälfte gelb und weiß gestaltet gewesen sein musste, hatte allen Schmutz der Stadt aufgesaugt, die

Farben waren zu einem schmutzigen Grau vermischt. Mitten im Dreck übertrieben glücklich. Da das Bild schwarz vor Ruß war, hatte das Lächeln etwas Psychopathisches an sich.

Bevor ich mich in die Station begab, sollte ich etwas essen, denn mit leerem Magen schläft man schlecht. Es hatte angefangen zu schneien. Nach einem kurzen Fußmarsch legten sich große Schneeflocken auf meinem Mantel, der wie ein mit Strasssteinen verziertes Abendkleid funkelte. Ich war zu einem traumhaften Ball in der Station für Schlafstörungen eingeladen. Doch zuvor ging ich in ein hässliches Restaurant und setzte mich an einen Tisch. Auf der Speisekarte standen Fisch und Huhn. Ich fragte nach Fisch und der Kellner sagte verlegen: »Es gibt keinen Fisch, Abi, nur Hähnchen. Aber wir servieren es genau wie den Fisch, mit Kartoffelsalat.«
»Okay, das geht auch.«

Kurz darauf kam ein ganzes Huhn auf einem großen Teller, der Kartoffelsalat auf einem Extrateller. Ein kalkweißes Huhn, zur Hälfte unter Reis begraben. Ich sagte, das sei zu viel für mich. Ich hätte »ein Huhn« bestellt, erinnerte mich der Kellner mit einer Bestimmtheit, die andeutete, er würde die Bestellung nicht zurückgehen lassen. Dabei hatte ich nur eine Portion haben wollen. Ich gab nach und fing an zu essen. Den Rest würde ich eben stehen lassen, wenn ich satt war. Die grünen Strahlen der LED-Lichter aus der Shisha-Bar nebenan fielen auf das Huhn und verstärkten den digitalen Geschmack in meinem Mund. Ich zwang mich zu essen, damit ich in der Station schlafen konnte. Als ich mit dem Messer den Reis vom Huhn abkratzte, blickte ich in die Augen des Huhns. Sein Kopf lag, kugelrund und schwarzgelb, auf dem Teller und sah mich an. Ich war kurz davor, durchzudrehen, zu kotzen und tot umzufallen.

Als ich hochschrak und aufwachte, lag ich in der Station für Schlafstörungen. Ich versuchte, meinen Herzschlag und meine Gedanken zu kontrollieren: Zuerst hatte ich in einem Restaurant in der Nähe der Metrobus-Haltestelle etwas von dem geschmacklosen ganzen Huhn gegessen und war von dort hierhergekommen. Ich war eingeschlafen, im Traum ins Hühnerrestaurant zurückgekehrt und hatte diesen ganzen Unsinn von vorhin erlebt. Es tat gut, so zu denken. Und ja, das Huhn lag mir schwer im Magen. Das Sortieren meiner Erlebnisse beruhigte mich. Ich sollte keine Mühe scheuen und auch meine Kindheitserlebnisse sortieren. Ich war sicher, auch das würde mir sehr guttun und schlief wieder ein.

Am nächsten Morgen wachte ich ausgeruht auf, so ausgeruht wie schon lange nicht mehr. Die Zimmertür war angelehnt und davor stand im Flur eine Krankenschwester, als wartete sie darauf, dass ich aufwachte. Als hätte sie die ganze Nacht, den Blick starr auf mich gerichtet, gewartet. Dabei war sie wahrscheinlich nur zufällig da, als ich aufwachte. Sie sah mich aufwachen und trat ein. Wir wünschten uns einen guten Morgen. Mit einem beunruhigend starren Gesichtsausdruck sagte sie, dass der Arzt mich sprechen wolle.

Der behandelnde Arzt hatte einen Vollbart und saß mit drei seiner Kollegen am Monitor im Behandlungszimmer. Ich konnte nicht sehen, was sie sich anschauten. Als sie mich sahen, schalteten sie eiligst den Monitor aus und hießen mich auf dem Sessel Platz zu nehmen. Diese betont liebenswürdige Art war offensichtlich ein Indiz, ich steckte in Schwierigkeiten. Ich schluckte und ließ mich schicksalsergeben dort nieder, wo sie hinwiesen. Sie teilten mir mit, dass sich mein Gesicht während der Nacht verändert und ich mich in eine andere Person verwandelt hätte. Freilich platzten sie damit nicht so heraus, sondern redeten um den heißen Brei herum und bereiteten mich langsam darauf vor. Ich wollte die Aufnahmen sehen. Sie hatten Mühe, ihre Verblüffung über meine unaufgeregte Reaktion zu verbergen. Wir setzten uns an den Monitor. Jetzt war auch ich Teil der Szene, die sich mir vorhin bot und hatte freien Blick auf den Monitor. Sollte ich erneut eintreten, würde ich diesmal mir selbst die Sicht auf den Monitor versperren.

Zusammen mit den Ärzten beobachtete ich aus der Perspektive der über mir hängenden Kamera, wie ich schlief. Wir waren genauso lautlos wie das, was wir betrachteten. Es herrschte Totenstille im Raum. Ich sammelte meine Gedanken und fokussierte mich auf das Bild. Seine Augen waren geschlossen, als hätte er keine. Auf seinem Gesicht lag ein halb friedlicher, halb angespannter Ausdruck. Den Körper hatte er in alle vier Richtungen ausgestreckt, hier ein Arm, dort ein Bein. Es war eine ganz gewöhnliche Schlafszene und zugleich ein verstörend wilder, beunruhigender Anblick.

Es war ebenso fremd wie authentisch. Fremd, weil man sich mit geschlossenen Augen nicht sieht, und authentisch, weil im Schlaf das Rollenspielen ein Ende hat. Wenig später passierte das, wovon der Arzt sprach. In der Tat verwandelte sich mein Gesicht allmählich im Halbdunkel zu dem Gesicht auf dem Foto, als wäre es ein raffinierter Spezialeffekt. Wieder dieses Gesicht, das ich löschte, wann immer es mir in den Sinn kam. Dieser Mann, der aussah wie ich, aber jemand anderes war. Einzeln betrachtet, sahen Mund, Nase und Augen nicht viel anders aus als meine. Aber zusammen ergaben sie ein völlig anderes Bild. Ein absurdes Schamgefühl überkam mich, als wäre es meine Schuld. Doch war ich auch erleichtert, denn der Verdacht, ich würde das mir einbilden, war durch die Beobachtung von Spezialisten entkräftet. Unmittelbar danach, als ich sah, wie der vollbärtige Arzt sich mit seinen langen, scharfen und rot lackierten Fingernägeln das Gesicht zerfleischte, wusste ich, es war ein Traum, und wachte im selben Moment auf.

Als ich aufwachte, befand ich mich in der Station. Es war dunkel. Mein Zimmer hatte sich in eine Alptraumstation verwandelt. Obwohl ich aufgewacht war, war ich halb bewusstlos. Ich schloss die Augen. Mit voller Absicht. Zum nächsten Alptraum.

Ich war ein Kind, war auf dem Markt verschwunden und suchte nach meiner Mutter. In der Hand hielt ich eine Pumpe in Form einer Spinne. Überall waren nur Männer, sie hatten alle eine schiefe Nase und liefen schnarchend umher. Ich drückte die Pumpe in meiner Hand, damit meine Mutter kommt und mich findet. Als ich die Pumpe drückte, heulten die Alarmanlagen der umliegenden Autos alle gleichzeitig los. Ich rannte weg, der Markt wollte kein Ende nehmen, überall nur Stände. Dann sah ich meine Mutter schwerfälligen Schrittes gehen, ihr Rücken war mir zugewandt. Ich rannte los. Sie lief langsam, ich rannte wie verrückt und konnte sie nicht einholen. Nach einer langen und ungeheuerlichen Anstrengung holte ich auf und berührte ihren Rücken, sie drehte sich um. Es war nicht meine Mutter. Es war meine Großmutter, sie hatte einen seltsamen Ausdruck in den Augen. Sie starrte ins Leere.

6. Ich bin Elif begegnet

Ein Orchester, meine Vergangenheit!

Cahit Sıtkı Tarancı: Eski Saadetinle
[Mit deiner einstigen Glückseligkeit]

Es war bitterkalt, wir waren am Friedhof, standen reglos da. Der Imam betete. Zuvor hatte er eine Grabrede gehalten, als ob er Großmutter gekannt hätte. Das Gebet dauerte lange, ich konzentrierte mich dabei auf die Grabinschrift. Auf unseren gemeinsamen Nachnamen. Nach und nach wurde ihr Name zu meinem, Kahraman Kara. Ich war auf meiner eigenen Beerdigung, hatte Ohrensausen. Als würde man mein Grab asphaltieren. Wie viel Zeit war wohl vergangen, fünf Minuten, fünfundzwanzig?

Zum Glück hatten die reihenweise durchgeführten Gesundheitschecks nichts Ernsthaftes ergeben. Auch mein Schlaf war unauffällig. Ich war sie endlich alle los: Ärzte, Krankenhäuser, Krankenschwestern, Warteräume, Wasserspender, weiße Neonröhren, Riesentoiletten, Landschaftsgemälde, Krankenhausalpträume. Mit der anhaltenden Muskelzuckung an meinem Auge stand ich wieder am Anfang. Als bei allen Untersuchungen keine Ursache zu finden war, lautete die Diagnose »psychische Störung«. Das Rezept lautete Stressvermeidung, was keine Entsprechung im Alltag hatte. Ein neues Lebensumfeld, stadtnah und doch stressfrei, wo sich das Blau der Plastiküberschuhe und das Grün des Salats begegnen und man Aussicht auf den Amateurtanz hat!

In der Menschenmenge auf der anderen Seite des Grabes entdeckte ich Elif. Sie war zur Beerdigung gekommen, als wäre es meine Beerdigung. Ihre Augen waren trocken, sie weinte nicht um mich. Oder sie war so traurig, dass sie nicht mal mehr weinen konnte. Ich schaute sie so lange an, bis sie es merkte und sich zu mir umdrehte. Ihre Augen weiteten sich, als sähe sie einen Geist. Dann sah ich meinen Vater, wie im Traum. Er hatte das erste Flugzeug aus Düsseldorf genommen, das er bekommen konnte. Er war gealtert. Hatte viel geweint.

Als das Gebet zu Ende war, begann die Menge sich mit ruhigen und würdevollen Bewegungen zu zerstreuen. Ich ging zu meinem Vater, wir umarmten uns und redeten, als wären wir dort inmitten von Grabsteinen und Bäumen ganz allein. Er sagte, ich würde ungesund aussehen, fragte nach, was ich machte, nach der Kunststofffirma und warum ich dort nicht angerufen hatte. Ich erinnerte ihn an die Priorität meines Buchprojektes, das ihn nie interessiert hatte. Er nahm es wieder nicht ernst. Dann redeten wir über die letzten Tage von Großmutter. Meine Mutter gesellte sich zu uns, musterte mich böse. Als ich sie fragte, warum sie mich so anschaute, sagte sie, ich sähe miserabel aus. Ich sagte, mir ginge es hervorragend. Wir unterhielten uns eine Weile, dann ließ ich sie beide allein, kümmerte mich um die anderen Verwandten und beobachtete sie dabei aus der Entfernung. Sie standen Seite an Seite, wie in alten Zeiten. Irgendwo hinten entdeckte ich auch Onkel Erdal. In meiner Nase kribbelte es.

Als ich mich allein an einen entfernten Platz zurückzog, kam Elif und drückte ihr Beileid aus. Wir umarmten uns etwas distanziert, wie es sich auf einer Beerdigung gehörte. Ich konnte ihren Geruch nicht wahrnehmen. Lag es etwa an der Nasenbeinkrümmung? Sie fragte, wie das Buch lief. »Gut, wie üblich«, sagte ich und fragte nach ihrem Job, auch dort sei alles wie gehabt. Sie erkundigte sich nach der Katze und sagte: »Gib ihr einen Kuss von mir.« Ich erzählte ihr von unseren gemeinsamen Freunden, die im Begriff waren, nach London und Berlin zu ziehen, als gäbe es kein anderes Thema auf der Welt. Viele ihrer Freunde würden auch ins Ausland gehen, meinte sie und nannte einige, die ich auch kannte. Meine Ex-Freundin und ich standen mitten auf dem Friedhof und schwelgten in Erinnerungen an unsere Freunde, die das Land verließen. Ich sagte, sie sei zu dünn, und fragte besorgt, auch wenn ihr die Frage nicht gefallen würde: »Bist du immer noch Vegetarierin?« »Ja, ich bin jetzt sogar Veganerin«, war ihre Antwort. Das Gespräch kam ins Stocken, als Leute uns kondolieren kamen. Elif entschuldigte sich, schloss sich der trauernden Menge an und verschwand. Es waren noch zwei Filme zum Thema »Verschwinden« übrig, die ich mit ihr hätte sehen sollen:

→ »Frantic«, 1988, Regie: Roman Polanski
→ »Unter dem Sand«, 2000, Regie: François Ozon

Am Eingang des Friedhofs setzten sich die Fahrzeuge in Bewegung. Einige fuhren nach Hause, wir in die Wohnung von Großmutter. Mutter fuhr den Wagen, Vater und ich saßen auf dem Rücksitz. Wir verließen den Friedhof, ich atmete tief ein. Es war alles grau: die Straßen, Bürgersteige, Gebäude, Strommasten, Müllcontainer und der Friedhof, den wir hinter uns ließen. Ein unerträgliches Grau umgab mich.

Die Wohnung war voller Leute, alle hatten einen Teller mit Helva in der Hand. Seit Stunden saß ich in einer Ecke und bewegte mich nicht vom Fleck. Ich ging in die Küche zu meiner Mutter, sie goss gerade Tee in unzählige Gläser. Ich erzählte ihr, dass ich am Abend ein Treffen mit dem Verlag haben würde. Sie meinte, ich könne gehen, sie bräuchte keine Hilfe. Wir umarmten uns, auch Vater umarmte ich. Um mich von allen mit Küsschen zu verabschieden, fehlte mir die Energie. Ich verließ zum letzten Mal Großmutters Wohnung, als wäre ich auf der Flucht.
Als ich aus dem Wohnblock heraustrat, fiel mir plötzlich ein, dass Montag war. Ich entschied mich gegen das Sammeltaxi und nahm den desolaten Bürgersteig. Zum Gedenken an meine Großmutter ging ich eine Weile sehr langsam, in einem Tempo zwischen Gehen und Stehen. Es würde keine traditionellen Montagsspaziergänge mehr geben. Großmutter war nicht mehr da, Elif nicht und auch nicht die Listen

mit Filmen, die ich mit ihr gemeinsam anschauen wollte. Die letzte Liste war nur halbfertig. Die Unruhe, die eine nicht vollständig abgehakte Liste verursachte, war mit nichts zu vergleichen. Auch das Buch war nur halbfertig.

Auch wenn ich Elif »Gut, wie üblich« geantwortet hatte, war nichts wie immer, nichts ging gut. Seit zwei Monaten wusste ich, dass auch der Plattenladen, das Kino in Kadıköy und der zweite Buchladen, der Ersatz für den anderen, schließen würden. Es gab Gerüchte, dass auch das Kino in Beyoğlu geschlossen werden sollte. Alle Kapitel, die ich fertiggestellt hatte, verflüchtigten sich. Wegen dieser Situation hatte der Verlag ein neues Treffen anberaumt. Ich stieg in Beşiktaş aus der Fähre und nahm ein Sammeltaxi zum Taksim, ich war auf dem Weg von Großmutters Beerdigung zur Beerdigung des Buchprojektes.

Ich stand vor der Tür des Verlags und wurde von der Frau begrüßt, die immer beschäftigt und besorgt war. Sie trug ihr übliches übertriebenes Lächeln. Mir kam das Plakat mit dem psychopathischen Lächeln des schmutzigen Mundes in den Sinn. Ich ging in das Büro des Verlagsleiters, er telefonierte. Er grüßte mich aus dem Augenwinkel heraus, ohne den Kopf zu bewegen, als wollte er sagen: »Du bist kein Fremder, du hast sicher Verständnis, wenn ich erst das Telefonat noch zu Ende führe.« Ich gab ihm zu verstehen, dass dem so sei, und setzte mich an den runden Besprechungstisch. Im Internetradio lief **Bruce Springsteens** »The River«. Während ich das Mundharmonika-Intro hörte, begann ich, eine Liste von Liedern zu erstellen, in denen ein Fluss vorkommt.

→ **Talking Heads**: »Take Me To The River«
→ **REM**: »Find The River«
→ **Pulp**: »Down By The River«
→ **The Tea Party**: »The River«
→ **Live**: »Pain Lies On The Riverside«
→ **The Tallest Man On Earth**: »Rivers«
→ **Nick Drake**: »River Man«

Einer der beiden Lektoren kam herein und setzte sich zu mir. Es war der mit dem wirren Haar und dem Bart. Er hatte Kaffee dabei, dankenswerterweise auch für mich. Der Verlagsleiter legte den Hörer auf und gesellte sich zu uns. Eine Weile betrieben wir Smalltalk. Ich erwähnte Großmutter nicht, ich wollte aus irgendeinem Grund nicht sagen, dass ich gerade von der Beerdigung kam.

Nach einer kurzen Pause, in der wir den dritten Refrain von »The River« hörten, eröffnete der Verlagsleiter das Gespräch: »Wir müssen die Grundidee des Buches ändern, Kahraman. Geh doch mal von dir aus, würdest du ein Buch lesen, das von Orten handelt, die es nicht mehr gibt?«
Ich gab ihm Recht und schüttelte den Kopf, als wollte ich sagen: »Würde ich nicht.« Ich würde es auch wirklich nicht lesen, Zeitverschwendung. Vielleicht sollte man das Buch so nennen: »Zeitverschwendung«.
Er versenkte das Buch am Tisch, noch während er redete. Der Rettungsplan für den İstanbul-Stadtführer, den es in Hunderttausender-Auflage und in die Weltsprachen übersetzt hätte geben sollen, lautete wie folgt: Ein nostalgisches İstanbul-Buch, das die Geschichte der Orte erzählt, die es nicht mehr gab. Und da es seine Eigenschaft als Reiseführer verlor, würde es nicht übersetzt und nur in Tausender-Auflage gedruckt werden. Sie hatten nicht Unrecht damit, ich sollte dankbar sein, dass sie es nicht gleich in die Tonne getreten hatten. Vielleicht taten sie das auch meinetwegen nicht, hatten Mitleid mit der damit verbundenen mühevollen Arbeit. »Wenn das Buch nur deswegen gedruckt werden soll, um mir nicht wehzutun, dann soll es lieber nicht erscheinen«, dachte ich. Das war schon ehrlich gemeint, doch ich konnte den Gedanken nicht aussprechen. Nicht, weil ich wollte, das Buch solle erscheinen, sondern weil ich einen solchen Satz nicht bilden wollte. Zum Glück hatte ich die Kapitel über Orte, die es nicht mehr gab, in einer separaten Datei gespeichert. Die würde ich wieder herausholen, überarbeiten, die Orte löschen, die noch existierten und die Datei dann an den Verlag schicken.

»Willst du noch etwas hinzufügen, Kahraman?«
Wollte ich. »Dam That River« von **Alice in Chains**.

7. Der kurze Schlaf hatte gutgetan

Sinnlos, sich zu erinnern
An Dinge, die nie passierten…

Ahmet Hamdi Tanpınar: Başka Bir Yıldızda
[Auf einem anderen Stern]

Auf dem Heimweg sah ich, dass aus der Buchhandlung ein Köfte-Lokal geworden war. Ich dachte an den Abend, an dem Elif sie mir empfohlen hatte. Ich war in Panik geraten, als ich erfahren hatte, dass die erste Buchhandlung, bei der ich war, schließen sollte, und hatte sie angerufen. Sie hatte mir den Tipp gegeben. Hier war nun stattdessen ein Köfte-Lokal. Aus dem anderen Buchladen war ein Juweliergeschäft geworden. Elif war nicht da. Ich hatte Mutter von der Trennung nichts erzählt. Sie beide hatten sich auf dem Friedhof sehr lange miteinander unterhalten. Auch von dem Foto hatte ich ihr nichts gesagt, ob Elif es erwähnt hatte?
Hatte sie Mutter erzählt, dass wir uns getrennt hatten? Ich hätte Mutter bei Gelegenheit schon von der Trennung erzählt, wollte aber nicht über das Foto reden. Ich wollte mit niemandem darüber reden. Nicht mal mit meiner Mutter. Vor allem nicht mit ihr. Wen würde Mutter auf dem Foto sehen, wenn Elif es nicht gelöscht hätte? Ihren Sohn? Den Fremden, den ich sah? Was würde sie empfinden, wenn sie einen Fremden sah? Würde sie Angst haben, weinen, es leugnen? Hatte auch Elif das gesehen, was ich sah? Oder hatte ich sie mit meinem Wahn angesteckt? Es hatte mir gut getan, meine Eltern beisammen zu sehen, nach all den Jahren wieder gemeinsam im Auto zu sitzen.

Als ich nach Hause kam, war ich mehr tot als lebendig, zog die Schuhe aus und streckte mich auf dem grünen Sofa aus. Zum Glück gab es keinen Baustellenlärm. Ich stand auf, öffnete am Rechner den **Joy Division**-Sampler. Im Fernsehen lief mit abgedrehtem Ton einer dieser Gesangswettbewerbe, bei denen die Jurymitglieder nebeneinander aufgereiht sitzen und arrogant daherreden. Ich legte mich wieder aufs Sofa und döste weg. Im Traum beschimpfte das dicke Jurymitglied mit der fettigen Gesichtshaut den **Joy Division**-Sänger Ian Curtis: »Schätzchen, deine Stimme ist wunderbar, volltönend und magisch. Aber du singst, als wärst du schon tot. Etwas mehr Schwung bitte. Und dein Tanz ist entsetzlich, so grotesk, du kannst die Bühne nicht ausfüllen.«

Ich erwachte auf dem Sofa, der kurze Schlaf hatte gut getan. Die Musik hatte aufgehört, weil der Computer wieder abgestürzt war. Ich stand auf und ging ins Bad, die heiße Dusche tat mir noch besser. Zum Glück wurde das Wasser nicht mittendrin kalt. Das Wasser floss nur nicht richtig ab. Auch das noch. Mir fielen dunkle Haarsträhnen auf. Sie sammelten sich als Büschel um den Abfluss herum und verstopften ihn. Ich bückte mich und packte das Büschel, zog daran. Es war lang. Sehr lang. War das Elifs Haar? Sah eigentlich nicht danach aus. Je mehr ich zog, gab das Büschel nach und wurde immer dicker.
Ich zog mit beiden Händen, wie beim Tauziehen, und hatte statt des Haarbüschels fast schon eine ganze Perücke in der Hand. Erschrocken und mit flauem Gefühl im Magen, zog ich weiter. Schließlich ging es nicht weiter, als hätte sich das Tau irgendwo verhakt. Ich versuchte es mit einem Ruck herauszuziehen. Als ich mit voller Kraft daran zerrte, ertönte von unten ein grauenvoller Schrei. Es war der Schrei einer Frau, der man an den Haaren zog. In diesem Moment gefror das Wasser, mein Aufschrei implodierte. Ich hörte ein lautes Poltern und ließ voller Grauen das Haar los.

Als ich aufwachte, war ich kurz davor, vom Sofa zu fallen. In der Wohnung unter mir gab es wieder lauten Streit, der **Joy Division** übertönte. »Lass mein Haar los, du Scheißkerl!«, schrie die Frau und wiederholte diesen Satz immer wieder mit derselben Betonung. Der Gesangswettbewerb im stumm geschalteten Fernseher lief weiter. Es war dunkel geworden. Man konnte jetzt aus der Wohnung darunter das Geräusch von zerbrechenden Tellern und Gläsern hören. Ich hatte noch den Tiramisu-Teller. Wie konnte ich nur vergessen, ihn zurückzubringen? Andererseits, hätte ich ihn zurückgebracht, würde er sich vielleicht auch unter den zerbrochenen Tellern befinden. Wenig später ließ der Streit nach.

Gerade, als ich mich an die Arbeit setzen wollte, klingelte das Telefon. Mutter war dran. Ich stellte die Musik aus und ging ans Telefon. »Hast du deine Angelegenheit im Verlag erledigt?«, fragte sie. »Ja, habe ich«, sagte ich und wollte wissen, was sie noch gemacht hatten, nachdem ich gegangen war. Sie berichtete sehr ausführlich und kam dann auf das eigentliche Thema zu sprechen. Sie und mein Vater hatten beschlossen, wieder zusammenzuleben. Vater hätte gesagt, er würde die Trennung sehr bedauern. Ich freute mich, aber es war eine seltsame Freude.
»Ich bin sehr glücklich, Mama. Das bin ich wirklich. Kommt Papa wieder zurück?«
»Nein, ich ziehe zu ihm. Er kann seinen Job nicht aufgeben. Und ich habe hier sowieso nichts zu tun.«
Nach kurzem Schweigen fügte sie hinzu: »Wir haben sogar darüber gesprochen, dass du auch mitkommst.«
»Danke, aber ich kann nicht, du weißt, das Buchprojekt.«
»Menschenskind, das kannst du auch von dort aus machen.«

Dass meine Mutter meine Arbeit nicht ernst nahm, machte mich rasend wütend, wahrscheinlich, weil sie inzwischen völlig recht damit hatte. Bemüht, meine Wut im Zaum zu halten antwortete ich:
»Mama, dieser Job ist wichtig für mich, auch wenn du ihn nicht ernst nimmst. Ich werde euch oft besuchen kommen,

keine Sorge. Und ihr kommt gelegentlich mich besuchen. Freunde, die im Ausland leben, sehe ich eigentlich häufiger. Mit den anderen hier treffen wir uns weniger, weil wir denken, man sieht sich schon. Aber mit denen im Ausland treffen wir uns jedes Mal, wenn sie hier sind. Es wird alles gut werden, sei unbesorgt.«
»Ich mache mir nur Sorgen um dich.«
Wir telefonierten noch eine halbe Stunde, aber das war der letzte Satz, der sich mir einprägte. Eine Weile tigerte ich mit diesem Satz im Wohnzimmer herum. Wieder klingelte das Telefon. Auf dem zersprungenen Display stand »Vater«. Auch er berichtete über die Neuigkeit. Er hätte das schon lange vorgehabt, sagte er, als wäre es verwerflich, wenn sie sich über Nacht dazu entschlossen hätten. Man konnte es heraushören, dass seine Entscheidung auch vom Tod seiner Mutter beeinflusst war, er war sehr emotional. Auch er bestand darauf, dass ich mitgehen sollte, das Gespräch glich dem mit meiner Mutter. Dann kaute er mir eine Weile wegen der Kunststofffabrik ein Ohr ab und brachte schließlich mit einem unerwarteten Schachzug seine beiden Forderungen in einem Satz unter:
»Übrigens, die Fabrik hat auch in Düsseldorf ein Büro.«

Es wurde langsam dunkel, ich kochte Kaffee und setzte mich an den Computer. Von nun an sortierte ich nicht mehr die Orte aus, die es nicht mehr gab, sondern die, die noch existierten. Ich fügte die Texte wieder ein, überarbeitete sie und machte daraus ein Buch über Orte, die nicht mehr existierten. Ich arbeitete schnell und nachlässig, denn es war ja kein Reiseführer. Das Buch interessierte mich nicht mehr. Einen Moment war ich versucht zu schreiben, was aus den Orten inzwischen geworden ist, ließ es aber bleiben. Nutzloses Wissen. Außerdem könnte sich bis zur Veröffentlichung des Buches alles wieder verändert haben. Ohne näher darauf einzugehen, was aus den Orten geworden ist, fügte ich nur das jeweilige Datum hinzu, wann sie aufgegeben wurden. Ihr Geburts- und ihr Sterbedatum. Der Grabstein meiner

Großmutter kam mir in den Sinn. Er hatte eine unleserliche Inschrift. Sie könnte jeden meinen.
Die noch existierenden Orte speicherte ich in einem separaten Ordner ab für den Fall, dass welche während der Druckphase schließen sollten. So konnten wir sie dann schnell noch einfügen. Ich war sehr müde, hatte aber eine ganze Menge geschafft und konnte das Buch in ein paar Tagen an den Verlag schicken. Ich wollte es nur noch loswerden.

Berna lag da, ohne ein Haar ihres Fells zu bewegen und starrte lustlos auf die Wand vor ihr. Wie Elif, wenn sie über einen Werbefilm nachdachte. Vermisste sie Elif, oder war ihr nur langweilig? Ich redete mit ihr, aber sie reagierte nicht darauf. Ihr Futternapf war noch voll, auch die Wasserschüssel. Plötzlich verspürte ich großen Hunger.
Ich ging nach draußen, um etwas zu essen. Ich entschied mich für das Lokal, in dem es Hausmannskost gab, und setzte mich mit dem Tablett in eine Ecke. Am Nebentisch aßen zwei junge Frauen und unterhielten sich. Der Schal einer der Frauen lag auf dem Boden, direkt unter ihrem Stuhl. Ich wollte sie gerade darauf aufmerksam machen, überlegte es mir aber anders. Er lag ja schon auf dem Boden, und es machte keinen Unterschied, ob er fünf oder fünfzehn Minuten dort liegen blieb. Sie würde es ohnehin sehen, wenn sie aufstand.

Nach dem Essen kehrte ich nach Hause zurück, hatte ein dunkelgraues **New Model Army**-T-Shirt angezogen, lag auf dem dunkelgrünen Sofa und schaute mir den nächsten Film aus der Film Noir-Liste an. Ich wunderte mich, warum Berna sich nicht dazugesellte und sah mich nach ihr um. Sie lag am Flureingang. Mein Herz blieb fast stehen, so lag sie normalerweise nicht. Ich ging zu ihr, kniete mich nieder und stellte fest, dass sie stocksteif war. Sie war tot. Ich tat nichts von dem, was ich auf die Frage »Was tust du, wenn deine Katze tot umfällt?« aufgezählt hätte und stand eine Weile nur so da. Etwas in mir war zu Eis gefroren. Ich nahm allen Mut zusammen und schaute sie an. Es war Bernas Gesicht, aber der Ausdruck darin war nicht der meiner Katze. Ihre Pupillen waren extrem geweitet, eine unheimliche Schwärze verhüllte ihren Blick. Sie war da und doch nicht da, war gleichzeitig meine Katze und doch wieder nicht. Vielleicht müsste auch der Körper verschwinden, wenn man stirbt. Das ist der Grund für die Unruhe, bei Menschen wie bei Katzen. Nehmen wir an, dein Herz setzt aus und du stirbst, die Knie schlagen auf den Boden und du fällst auf den Teppich. Der Körper sollte sich dann auflösen, wie bei einem billigen Effekt in einem Science-Fiction-Film. Das würde diese Unsicherheit beenden. Bernas Leiche lag immer noch auf dem Boden.

Ich ging in die Küche, nahm zwei blaue Müllsäcke und steckte sie ineinander, hob Berna sanft auf und legte sie hinein. Ich entschied mich, sie mit den Plastikbeuteln zu begraben. Genauer gesagt, eine extrem kaltblütige Person in mir traf Entscheidungen in meinem Namen. Ich wusste nur nicht, wie ich sie begraben sollte, denn ich hatte natürlich keine Hacke und Schaufel zu Hause. Um diese Zeit würde ich keinen Laden finden, in dem solche Dinge verkauft werden. Ich lief ruhelos in der Wohnung umher und suchte nach einem Gegenstand, der einer Schaufel am nächsten kam. Das war der Schuhlöffel, der seit meinem Einzug im Eingangsbereich hing und den ich kein einziges Mal benutzt hatte. Er war etwa einen halben Meter lang, goldfarben und aus Eisen. Ich nahm ihn, warf mir eine Strickjacke über und zog die Schuhe an. Ich wollte sie nicht in einem Müllsack tragen wie Abfall, fand einen großen Schuhkarton, legte den Plastikbeutel hinein. Ich verließ das Haus.

Das abgestürzte Mega-Display der Stadtverwaltung sah aus wie ein digitales Grabmal. Ich ging unter ihm durch, das Gedränge vor der neu eröffneten Boutique hatte sich deutlich vergrößert. Als ich vom Abendessen zurückgekommen war, standen da nur wenige Leute vor der Tür. Die Musik war laut aufgedreht, es lief ein altes Stück von **Kraftwerk**, unterlegt mit einem Sound von Gruppensex. Ein hygieneblauer Plastiküberschuh flog an mir vorbei. Menschen standen herum, unterhielten sich, tranken Wein und blockierten den Zugang zu der Straße, in der Kran und Wasserwerfer nebeneinanderstanden. Ich musste da durch. Mit der Schachtel in der Hand, in der die tote Katze lag, bahnte ich mir den Weg. Bernas toter Körper streifte fast die Taschen, Beine, Hände und Arme der Eröffnungsgäste. Sie hatte sich immer gerne an Menschen geschmiegt. Berna war im Karton und doch wieder nicht dort. Ich ging schneller, bahnte mir mit der Schulter einen Weg durch die Menge, erntete wütende Blicke und fuhr wie ein Leichenwagen mit kaputter Bremse hindurch. In einer Hand hielt ich den Schuhkarton, in der anderen den Schuhanzieher, dazu trug ich ein **New Model Army**-T-Shirt.

Um Berna zu begraben, suchte ich nach einem kleinen Flecken Erde. Ich lief vier oder fünf Straßen ab und fand nicht mal eine Handbreit Erde. Dann wechselte ich auf die andere Straßenseite, schaute auf den Boden an den Wurzeln der aneinandergereihten trockenen Bäume, eine von Pflastersteinen gesäumte quadratische Fläche. Ich stellte die Schachtel wie einen Sarg ab und versuchte, mit dem Schuhanzieher den Boden aufzugraben, aber es gelang mir nicht. Der Boden war wie betoniert. Hart wie Stein, er würde nicht nachgeben. Ich nahm die Schachtel vom Boden und ging weiter.

Es war stiller geworden. Neben einem Polizeiauto standen zwei junge Polizisten und starrten mich an. Mit dem Eisenteil und der Schachtel in der Hand hatte ich mitten in der Nacht ihre Aufmerksamkeit erregt. Sie fragten nach dem Personalausweis. Ich zeigte ihn vor. Der Polizist schaute erst auf mein Passfoto, sah dann mich an. In seinem Blick lag eine angespannte Skepsis. Ich spannte mich ebenfalls an. Mir kam das Gesicht auf dem Foto in den Sinn, das Elif gemacht hatte. »Bist du das?«, fragte der Polizist barsch. »Ja«, sagte ich, aber er schien davon nicht überzeugt zu sein. Nach einem kurzen Schweigen wanderte sein Blick von dem Ausweis zur Schachtel.
»Was ist in der Schachtel?«
»Meine Katze. Die Leiche meiner Katze.«
»Was machst du mit der Katzenleiche?«

»Ich werde sie irgendwo begraben. Ich habe sie gerade zu Hause gefunden, tot. Ich wohne im Viertel, da hinten.«
»Und was ist das da?«
»Das ist das Schuhding, ich fand, dass es einer Schaufel am nächsten kommt. Um sie zu begraben.«
»Mach doch erst mal die Schachtel auf, lass sehen.«

Eigentlich wollte ich Berna so in Erinnerung behalten, wie ich sie zuletzt zu Hause gesehen hatte. Das Blaulicht des Polizeiautos fiel auf die Schachtel, ich öffnete sie. Misstrauisch beäugten sie die Plastiktüten. Ich streifte sie ab, sah erst auf die Leiche meiner Katze in der Schachtel und dann auf die Polizisten mit der Leichenmiene. Mitten in der Nacht hatte ich an ihren Nerven gezerrt. Einer zündete sich eine Zigarette an, der andere gab meinen Ausweis zurück und schaute in die Ferne.
»Los, geh schon, Mann, begrabe deine Katze.«

8. Das war‘s

Fasst den Sarg am Rand,
Und werft mich in ein tiefes Loch!

Orhan Seyfi Orhon: Vasiyet
[Das Testament]

In der Hand ein Foto, saß Großmutter in ihrem Sessel am Fenster. Ich saß auf dem Stuhl ihr gegenüber. Sie blickte aufs Meer, ich auf die Straße. Sie lächelte dem braunen, gesichtslosen Porträt in ihrer Hand zu.
»Wer ist das, Großmutter? Ich vergesse immer zu fragen.«
»Wer soll das schon sein, mein Kind, du bist das. Mein hübscher Enkelsohn.«

Ich wurde stocksteif auf dem Stuhl. Großmutter drehte den Kopf Richtung Küche und sagte: »Sag Serap Bescheid, sie soll uns Kaffee kochen.« Wie ein Hund auf Kommando stand ich sofort auf und ging in die Küche. Da war niemand. Die Küche war demoliert, sah aus wie eine Baustelle. Als ich in den Korridor blickte, sah ich, dass die andere Hälfte der Wohnung abgerissen worden war. Eine staubige und dreckige Baggerschaufel fraß sich langsam durch die hinteren Zimmer. Ich ging zurück, Großmutter betrachtete immer noch das verblichene Foto in ihrer Hand. Der Stuhl ihr gegenüber, auf dem ich eben noch saß, war verschwunden.
»Serap ist nicht in der Küche«, sagte ich.
»Sie kommt sicher gleich«, antwortete sie, ohne den Blick von dem Foto abzuwenden, und fragte: »Und du studierst?«
»Ja, aber in letzter Zeit werde ich müde beim Lesen, schlafe immer ein.«
»Du schläfst?«

Die Türklingel weckte mich. Meine Hände pochten vor Schmerz, unter meinen Fingernägeln war Erde. Es war Serap. Kaum, dass ich die Tür öffnete, sagte sie: »Mein Beileid, Herr Kahraman.« Wie konnte sie das wissen? Woher wusste sie von Bernas Tod? Ich hatte es noch niemandem erzählt. Nach dem kurzen Schock verstand ich, dass sie wegen Großmutter kondolierte.

»Danke, Serap, das war ihre Erlösung. Du weißt, die letzten Jahre ging es ihr sehr schlecht.«
»Gott sei ihrer Seele gnädig. Deine Mutter hat es mir gesagt. Sie zieht wohl um.«
»Ja, genau.«
»Möge es Glück bringen. Ich bin froh und traurig zugleich. Ich habe den Schlüssel, habe aber trotzdem geklingelt, ich bin es so gewöhnt. Ich benutze den Schlüssel erst, wenn niemand an die Tür geht.«
»Gut, wie du meinst.«
»Deine Mutter hat mich für ein Jahr im Voraus bezahlt, die Gute. Du wirst mich also so schnell nicht los.«
»Jetzt kränkst du mich aber.«

Serap musterte mich von oben bis unten und sagte, ich sähe schrecklich aus. Mir gefiel es, wie sie ungefiltert ausdrückte, was sie dachte. Ich sei nicht mehr wiederzuerkennen, sagte sie. Ich erzählte ihr von Berna und brach auf einmal in Tränen aus, wunderte mich über mein Weinen und weinte weiter. Auch ihre Augen füllten sich mit Tränen.
»Was hast du gemacht?«
»Wie?«
»Mit der toten Katze?«
»Ich wollte sie vergraben, konnte aber keine Erde finden.« Ich zeigte ihr meine mit Erde verschmutzten Fingernägel, als wollte ich ihr beweisen: Ich habe mich wirklich angestrengt. »Und das Fleckchen Erde, das ich fand, konnte ich nicht aufgraben, es war hart wie Beton.«

Serap sah mich noch immer an. Ich hatte das Gefühl, am Tiergerichtshof vor dem Richter zu stehen. Denn ich hatte ihre Frage nicht ganz beantwortet. Ich vermied das Wort Müll und sagte:
»Ich habe sie bei uns in der Straße in den Container geworfen, in den mit dem großen Deckel. Der wird früh morgens doch geleert.«

Es herrschte eine unangenehme Stille zwischen uns. Serap, die beim Putzen keine Spinnweben entfernte, musste es befremdet haben, dass ich meine Katze in den Müll warf, anstatt sie ordentlich zu begraben. Ich wollte ihr in epischer Breite erklären, wie sehr ich Berna geliebt, wie gut ich für sie gesorgt hatte, sie sogar so sehr wertschätzte, dass ich mich sorgte, sie könnte sich während meiner Alpträume langweilen. Von der Nacht wollte ich ihr berichten, als ich Berna unter Lebensgefahr vom Dach geholt hatte, wollte ihr sagen, es sei wichtiger gewesen, Berna meine Zuneigung bereits zu ihren Lebzeiten entgegengebracht zu haben.

Fast war ich versucht, ihr meine Theorie zu offenbaren, wonach der Körper, wenn man gestorben sei, sich aufzulösen hätte wie bei einem schlechten Science-Fiction-Filmeffekt. Sie sah mich an, als würde sie meine Gedanken lesen, ihre Augen drückten Verständnis aus. »Herzliches Beileid, Herr Kahraman, es tut mir sehr leid«, sagte sie. Ich hatte den Tag mit zwei Beileidsbekundungen angefangen. Mir tat der Kopf weh, als würde er platzen. Mit großer Freude machte der Baustellenlärm es sich in dem Schmerz bequem.

Wir hatten den ganzen Tag gearbeitet, jeder für sich. Endlich war ich mit der Datei fertig. Ich machte mir sogar die Mühe und las den ganzen Text noch einmal durch. Von vorn bis hinten. Meine Augen brannten wie Feuer. Ich nahm die Harry-Potter-Brille ab, legte sie auf den Tisch, rieb mir lange die Augen und atmete tief durch. Ich öffnete den Mailaccount, hängte die Datei der Mail an, gab die Adressen des Verlegers und der beiden Lektoren ein und schrieb in die

Betreffzeile: »Die endgültige Version der Datei ist angehängt, liebe Grüße«, und drückte mit der Kuppe meines erdigen Fingers auf »Senden«.

Ich schickte das Buch ab, als würde ich es in der Erde vergraben. Das war's. Es war vorbei. Mir war wieder zum Weinen zumute. Wegen Berna? Weil das Buchprojekt so endete, an dem ich mich jahrelang abgemüht hatte? Wegen Großmutter? Weil ich Berna nicht hatte begraben können? Weil Elif nicht mehr da war? Weil auch Mutter weggeht? Ich wusste es nicht. Ich schluckte, als tränke ich die Flüssigkeit, die eine Mischung aus allem war und die Seele verfinsterte.

Serap war noch am Putzen. Eine Zeit lang schaute ich ihr zu, ohne mich zu bewegen. Dann stand ich abrupt auf und begann auch aufzuräumen, so, als begleitete ich sie, wie es die leidenschaftlichen Kavaliere drüben in der Tanzschule taten. Ich schaltete den Computer aus, nahm die Nachschlagewerke vom Esstisch, den ich zum Arbeitstisch umfunktioniert hatte, und stellte sie ins Bücherregal. Den vier Jahre alten und ungenutzten Kalender, in den ich meine Notizen über das Buch schrieb, legte ich zu den Heften. Ich löschte alle Aufnahmen vom Telefon, leerte den Papierkorb, riss die Notizen von der Pinnwand und warf sie weg. Pinnwand und Drucker trug ich in das hintere Zimmer, warf die Computerausdrucke weg, die auf dem Couchtisch lagen, stellte ihn in eine andere Ecke. Es stand nur noch der Computer auf dem Tisch. Ich stellte ihn auf den Couchtisch. Der Stadtplan fiel mir ins Auge, den ich an der Wand vergessen hatte. Ich nahm ihn ab, zerknüllte ihn und stopfte ihn in den Mülleimer, zog den Esstisch aus der Ecke und rückte ihn ein wenig mehr in die Mitte. Das war's. Ich hatte am ganzen Körper Muskelkater und legte mich auf das Sofa. Aus der Küche hörte man Serap das Geschirr spülen. Die Baustellengeräusche hatten aufgehört. Ich hatte entsetzliche Rückenschmerzen, schloss die Augen und lauschte dem schaumigen Spülwasser, fühlte, wie es meinen Geist reinigte.

Als ich aufwachte, rauschte das Wasser nicht mehr und Serap war weg. Ich stand auf, lief durch die Wohnung und vergewisserte mich. Sie hatte ihren Job erledigt, die Tür hinter sich zugezogen und war gegangen. Ich wanderte eine Weile durch die frisch geputzte Wohnung, um wach zu werden. Mein Blick streifte den Arbeitsbereich, der nicht mehr da war. Als hätte es ihn nie gegeben. Wie das Buchprojekt. Es war vorbei. Ich fühlte eine große Leere in mir, war voller Unruhe. Es gab nichts mehr zu tun. Ich schaute den Futter- und Wassernapf an, die nebeneinander auf dem Boden standen. Bernas Näpfe. Ich fühlte einen Kloß im Hals, hob die leeren Schalen vom Boden, steckte sie ineinander, öffnete den Deckel des Mülleimers und warf sie zu dem zerknitterten Stadtplan von İstanbul.

9. Ich saß meist im Dunkeln

Was an diesem Bild erinnert an den Tod?
Wir sind doch alle noch am Leben.

Melih Cevdet Anday: Fotoğraf
[Fotografie]

Es gab andauernd Stromausfälle, ich saß meist im Dunkeln. Da ich nichts zu tun hatte, war mir das egal. Manchmal machte ich mir die Mühe und zündete eine Kerze an, manchmal saß ich im Schein des falschen Mondes, der das Wohnzimmer erfüllte. Meine Kindheitserinnerungen kamen mir in letzter Zeit immer öfter in den Sinn. Wenn auch nur bruchstückhaft. Auch das fremde Gesicht auf dem Foto, in manchen Nächten, wenn ich zum Pinkeln aufstand. Zwischen Schlaf und Wachsein, im Halbdunkel des Toilettenspiegels. Es verschwand erst, wenn ich panisch das Licht anmachte und mir das Gesicht wusch. Dann wurde ich wieder ich selbst. Ich war ständig angespannt, ertappte mich dabei, wie ich bei jeder Spiegelung mein Gesicht kontrollierte.

Ich wollte mit Elif darüber sprechen, mochte ihr aber nicht schon wieder mit diesem Thema kommen. Derzeit dachte ich sehr oft an sie, nachts vor allem. Ich wollte stets meine Gedanken aufzeichnen. Jeden einzelnen von ihnen, als würden sie sonst verlöschen und verschwinden. Eine sonderbare, verstörende Marotte, die sich wegen einer Computerfehlfunktion bei mir eingenistet hatte. Wenn ich in Gedanken verfiel, kreiste mal meine Stimme in meinem Kopf, mal die andere vom Aufnahmegerät, die auch nicht meinem Gedächtnis entschwunden war, nachdem ich alle Aufnahmen gelöscht hatte. Als käme sie nicht aus meinem Kopf, sondern aus der Wohnung. Aus dem Getöse des Betons. Sie hörte auf, sobald ich aufmerksam hinhörte. Zurück blieb nur der Baustellenlärm, wie ein nicht enden wollendes Donnern. Die Abrissarbeiten gingen jetzt auch nachts vonstatten. Durften die das? Ich wusste es nicht, hatte aber definitiv keine Energie, mich darum zu kümmern und eine Beschwerde einzulegen.

Ich ging zum Fenster. Der falsche Vollmond war über dem pechschwarzen Gebäude aufgegangen. Ich starrte kurz auf das kugelrunde, orangefarbene Licht. Unten stand ein großer Transporter, Mutter, Vater, zwei Kinder und der Fahrer trugen Kartons. Das ganze Viertel hatte sich in eine Baustelle verwandelt. Die meisten Läden hatten aufgegeben. Auch die neu eröffnete Boutique, bei deren Eröffnung ich mir mit meiner toten Katze im Karton einen Weg durch die Menschenmasse gebahnt hatte. Kaum eröffnet, hing da auch schon das »Zu verkaufen«-Schild. Das Elektrogeschäft war in Dunkelheit versunken, das Schaufenster des Kurzmantelladens mit Zeitungspapier verhangen. Der Gemüsehändler hatte das letzte Grün im Viertel, den Salat, abgepflückt und war verschwunden. Wahrscheinlich, weil ich es versäumt hatte, es nach jedem meiner Blicke aufzuzeichnen. Übrig blieb ein endloser, erstickender Ozean aus Schlamm. Es kursierte das Gerücht, auch unser Wohnblock werde bald abgerissen. Blaue Plastiküberschuhe im Wind. Die Privatpraxis im Erdgeschoss hatte aufgegeben. Auch von den Nachbarn waren einige weggegangen, welche, wusste ich nicht genau. Der Tanzkurs war entschlossen, bis zum letzten Moment durchzuhalten. Man drehte sich dort im flackernden Licht der Kerzen. Es sah aus, als würde nicht mal Musik dazu gespielt. Ich dachte an den Abend mit den Jungs, als wir dem Kurs in betrunkenem Zustand eine Tanzlektion erteilten. Ein Lächeln machte sich auf meinem Gesicht breit.
Ich ging aufs Klo, mein Konterfei im Spiegel gefiel mir nicht. Ich geriet in Panik, wusch mir das Gesicht und bekam Wasser in die Nase, wie bei einem unbeholfenen Sprung ins Meer. Mir fiel ein, ich war lange nicht am Meer gewesen, ich hatte

keinen Urlaub gemacht und mich nicht von hier fortbewegt. Ich hatte die Nase voll von dieser Wohnung, von dieser unentwegt lärmenden Baustelle, von meinem Leben hier. Ich erblickte die Kratzer am Sofa. Nicht einmal Berna war da. Ich saß bei Kerzenlicht allein in einem Gebäude, das auf den Abriss wartete. Es gab keinen Grund, hinauszugehen, es sei denn, der Hunger trieb einen raus. Und ich hatte großen Hunger. Ich setzte die Kopfhörer auf und ging, begleitet vom **Rammstein**-Cover von »Das Model«, was ganz gut zu der Atmosphäre des Viertels passte, und lief zur Hauptstraße. Vorbei an immer zahlreicher gewordenen Kränen, Lastwagen, Betonmischern und Bürocontainern.

Ich hatte gegessen, ging spazieren und sah es im Schaufenster der letzten Buchhandlung in der Straße: Mein Buch. Ich ging langsamer, blieb dann stehen. Das Buch, an dem ich jahrelang gearbeitet hatte, war natürlich erschienen. Der Verlag hatte mich per E-Mail und Telefon darüber informiert. »Wir haben zehn Exemplare für dich reserviert, du kannst sie abholen, oder wir schicken sie an deine Adresse«, hieß es. Mein Honorar war überwiesen worden. »Ich hole sie bei Gelegenheit ab«, hatte ich geantwortet und es nicht getan. Dabei hatte ich sie abholen wollen, damit es nicht so aussah, als sei ich beleidigt gewesen, und war doch nicht in die Gänge gekommen.

Ich betrat die Buchhandlung. Drinnen lief ein ziemlich bekanntes Lied, das ich aber seit Jahren nicht mehr gehört hatte: »Just a Friend of Mine« von **Vaya Con Dios**. Wehmut überkam mich. Ich ging die Regale durch und fand das Buch. Es war unter dem vorläufigen Arbeitstitel erschienen, den ich ihm gegeben hatte, »İstanbul-Buch«. Ich nahm das Buch in die Hand und erinnerte mich an das Glücksgefühl, das mich erfüllte, als ich nach dem Gespräch über die Version des Buches, die ich mir vorgestellt hatte, den Verlag verließ. Am Abend war ich bei Elif gewesen, ich war von der Notiz über die Spinne in der Wohnung begrüßt worden, hatte im Wohnzimmer geschlafen und als ich wach geworden war, hatte ich an mein Buchprojekt gedacht.

Es würde ein alternativer Stadtführer werden, mit dem Fokus auf historische und sehenswürdige Orte in İstanbul. Vor allem für ausländische Touristen. Ich hatte bereits eine lange Liste dieser Orte zusammengestellt, an der ich fast drei Jahre gearbeitet hatte: Unabhängige Buchhandlungen, Kinos und Theater außerhalb der Einkaufszentren, historische Konditoreien, einzigartige Tavernen, einfache Lokale, Plattenläden, auf bestimmte Themen spezialisierte Antiquitätenhändler, überdachte historische Ladenpassagen, kleine und große Parkanlagen, Museen und Galerien. Gespräche mit den Besitzern, interessante Informationen, geschichtliche Fakten, Fotos. Listen zu erstellen war eine Krankheit, die ich seit dem Gymnasium nicht hatte loswerden können. Zum ersten Mal würde sich eine meiner Listen als nützlich erweisen. Von Dauer sein. Ein Teil von mir wollte sofort loslegen, der andere Teil trödelte herum. Seit dem Morgen, da ich erfahren hatte, dass der Vertrag unter Dach und Fach war, stiegen sowohl die Lust, mich sofort an die Arbeit zu machen, als auch die Trägheit auf das gleiche Level.

Ich erinnerte mich so deutlich an diesen Moment, als wäre ich wieder an dem Punkt. Hielte ich das Buch nicht in der Hand, würde ich daran auch glauben. Ich blätterte ein paar Seiten und stieß auf ein Zitat:

»Mit Städten ist es wie mit Träumen.«
Italo Calvino: »Die unsichtbaren Städte«

Dieses Zitat hatte ich vor Jahren, noch im Frühstadium des Projektes, als nur die Idee des Buches existierte, aus einer Laune heraus in die Einleitung geschrieben. Ich erinnerte mich vage daran. Als hätte ich die Zukunft des Buches bereits erahnt. Ich blätterte ein wenig durch die Seiten voller Orte, die es nicht mehr gab und schaute wieder auf den Einband. Auf meinen Namen auf dem Umschlag. Ich hatte den Grabstein mit meinen Namen vor Augen: Kahraman Kara. Über meinem Grab wurde asphaltiert. Mir wurde übel. Ich legte das Buch zurück.

Ich ging hinaus und drauflos, setzte mich unterwegs in ein Café und bestellte Filterkaffee. Am Nebentisch beugte sich ein junger Mann mit einem Ziegenbart und großen blauen Kopfhörern über einen schwarzen Laptop und war in ein Spiel vertieft. Er jagte alles in die Luft, die Detonationen beleuchteten sein Gesicht rot. Ich schaute gebannt auf das grelle Leuchten der Explosionen in dem dunklen Café und verlor mich in Gedanken. Ich musste aus der Wohnung raus, es gab keinen Grund, im Dunkeln zu sitzen und bis zum Abriss zu warten. Vor Monaten hatte ein Freund von einer Siedlung erzählt, wo es Wohnungen zu spottbilligen Mieten gab, weil dort wegen Erdbebengefahr geräumt worden war. Das Spiel war zu Ende, der Bildschirm neben mir wurde schwarz. Der junge Mann mit dem Ziegenbart startete ein neues Spiel, die Explosionen gingen weiter. Eigentlich könnte ich dort hinziehen, wenn auch nur vorübergehend. Statt so viel Miete zu zahlen und in einem Abrisshaus zu wohnen, würde ich in einen Wohnblock umziehen, der zwar ebenfalls abgerissen werden, aber nur ein Fünftel meiner Miete kosten würde. Solange, bis ich einen anständigen Job finde. Das meiste von meinem Hausrat würde ich ohnehin dalassen, dafür bekäme ich sicher auch noch was.

Ich musste mit meinem Freund reden, der von dieser Siedlung erzählt hatte, hatte aber keine Lust, ihn anzurufen. Ich schrieb eine E-Mail, teilte ihm mit, ich könne für eine kurze Zeit dort hinziehen, und schickte sie ab. Es war gut, dass Mutter nach Deutschland umgezogen war. Sonst hätte ich diesen Plan nicht verwirklichen können. Was sie wohl dort machte, sie beide machten? Was machte Elif?

10. Er war wie ein anderer

Halb vergraben in der Erde,
wie ein Stein,
ist unsere Liebe;
Hebst du ihn, entdeckst du
darunter Insekten.

Metin Altıok: Aykırı Sevda Sözleri
[Sonderbare Liebesworte]

Seit einer Woche dachte Elif nur noch an ihn. Kahraman ging es schon vor ihrer Trennung schlecht. Bei der Beerdigung seiner Großmutter, wo sie sich zuletzt begegnet waren, sah er jedoch übel aus. Sein Blick, seine Sprache, seine Haltung, sogar seine Atmung waren seltsam, als wäre er jemand anderes. Sie hatte ihn in diesem Zustand schon vor Monaten erlebt, machte sich aber erst seit einer Woche große Sorgen um Kahraman. Schließlich beschloss sie, ihn anzurufen, bekam aber nur die automatische Ansage: Die Telefonnummer ist nicht vergeben. Ein paar Tage versuchte sie noch, ihn unter der Nummer zu erreichen, zu jeder Tages- und Nachtzeit, und hörte immer die gleiche Ansage. Er hatte kein Festnetztelefon. Schließlich rief sie ein paar gemeinsame Freunde an, aber keiner wusste, wo Kahraman steckte. Dass sie ihn nicht erreichen konnte, versetzte sie gewaltig in Unruhe. Am Ende nahm sie allen Mut zusammen und entschied, ihn zu Hause aufzusuchen.

Die Gegend hatte sich sehr verändert, fast hätte sie sich verlaufen. Das Viertel war schlammbedeckt, überall standen Baukräne und Lastwagen. Eine dünne Rauchwolke hing in der Luft. Sie spürte, wie der Staub sich in ihrer Nase festsetzte. Sie lief zwischen den zerstörten, halb abgerissenen Gebäuden hindurch, umging die Schutthaufen, stapfte durch das Labyrinth der Ruinen, stolperte über die krummen, losen Bretter, die auf den Schlamm geworfen waren, und sprang über Pfützen mit schmutzigem Wasser. Schließlich erreichte sie den Wohnblock von Kahraman.

Die Haustür stand offen. Sie ging die Treppe hinauf, klopfte an die Tür, wartete verzweifelt. Sie hatte Angst, die Tür würde sich nicht öffnen oder Kahraman würde öffnen, und sie würde ihn in einem noch schlechteren Zustand vorfinden. Eine Frau öffnete die Tür. Für einen Moment dachte Elif, sie sei Kahramans Freundin und wurde reflexartig nervös. Gleich im Anschluss dachte sie, sie könnte eine neue Mieterin sein.
»Hallo?«
»Hallo, ich suche Kahraman. Ich bin eine Freundin, Elif.«
»Und ich bin Serap, ich mache hier sauber. Herr Kahraman hat von Ihnen erzählt.«
»Ja, natürlich, und er hat von Ihnen erzählt, freut mich sehr.«
»Ganz meinerseits, Herr Kahraman ist allerdings nicht da. Wo er ist, weiß ich auch nicht.«
» ... «
»Kommen Sie doch herein, lassen Sie uns ein wenig plaudern. Es wurde mir langsam langweilig hier, ganz allein.«
Serap legte eine Putzpause ein und ging Kaffee kochen. Elif blieb wie angewurzelt im Eingang stehen, wusste erst nicht, was sie tun sollte. Das Wohnzimmer war in etwa so, wie sie es verlassen hatte. Nur das grüne Sofa fehlte, auf dem sie immer saßen, und der chaotische Arbeitsbereich war abgebaut. Die neuen Sessel waren noch da. Sie ließ sich auf einem nieder. Der Baulärm war unerträglich.

Kurz darauf kam Serap mit dem Kaffee, setzte sich auf den anderen Sessel und musterte die besorgte Frau ihr gegenüber. Sie wollte ihr gern helfen, wusste aber nicht, wie. »Ich komme alle vierzehn Tage zum Putzen, aber Herr Kahraman war die letzten vier oder fünf Male nicht da. Ich nahm an, er wäre beschäftigt, hätte Arbeit. Ich öffnete mit dem Schlüssel die Wohnung, putzte und ging wieder. Wegen des Baustellenstaubs wird die Wohnung ja immer dreckig.«

»Ja, was ist nur aus diesem Ort geworden? Der Kaffee schmeckt sehr gut.«
»Dankeschön. Er kommt schon seit geraumer Zeit nicht mehr nach Hause. Ich finde die Wohnung immer so vor, wie ich sie verlasse.«
»Ist er denn kein einziges Mal da gewesen?«
»Nein. Ich hätte es sonst gemerkt. Sogar den Mülleimer finde ich so vor, wie ich ihn geleert habe. Ich kenne seine Mutter und mag sie sehr, aber ich habe ihr nicht Bescheid sagen wollen. Die Frau soll sich in Deutschland nicht aufregen.«
»Das verstehe ich nicht. Ist seine Mutter in Deutschland?«
»Ja, sie ist dorthin umgezogen, für immer.«
»Das habe ich nicht gewusst.«
»Es kam ohnehin etwas überstürzt, denke ich. Eigentlich putzte ich bei ihr, schon seit Jahren. Das Geld für diese Wohnung bekomme ich auch von ihr. Auch deshalb komme ich weiterhin hierher. Und weil sie mir das Geld für ein Jahr überwiesen hat, bevor sie wegging.«
»Haben Sie die Telefonnummer?«
»Von seiner Mutter, na klar. Moment, ich gebe sie dir gleich.«

Serap fand die Nummer von Kahramans Mutter unter ihren Kontaktadressen und gab sie ihr. Elif übertrug die Nummer in ihr Telefon.
»Alles klar, danke.«
»Gern geschehen. Also, ich wurde bezahlt und konnte nicht einfach aufhören zu arbeiten, ohne dass mir jemand sagt, was los ist. Ich mag es nicht, allein vor mich hin zu arbeiten. Aber irgendwann habe ich meinen Arbeitsrhythmus angepasst und komme seither nur einmal im Monat zum Putzen. Selbstverständlich trage ich die Arbeitszeit in den Kalender ein.«
»Dann habe ich mir ja heute den richtigen Tag ausgesucht.«
»Ja, das ist ein unglaublicher Glücksfall, ehrlich.«

Elif sah sich unruhig um und fragte nach der Katze. Als sie hörte, dass sie tot war, stiegen ihr augenblicklich Tränen in die Augen. Als Serap sie so sah, füllten sich auch ihre Augen

mit Tränen. Schweigend saßen sie inmitten des Baustellenlärms eine Weile mit feuchten Augen da.
Dann erzählte Serap ein wenig über ihr Leben, ihre Familie, die Verlobung, die sie hatte auflösen müssen. Elif hörte ihr interessiert zu. Es tat ihr gut, mit Serap zu reden. Die Unterhaltung wurde inniger, Elif begann, über ihre Beziehung zu Kahraman zu sprechen. Dabei kam sie unausweichlich auf Kahramans Instabilität kurz vor ihrer Trennung zu sprechen. Sie erzählte von seiner Reaktion, als er sein Foto sah, und seinem Nervenzusammenbruch früh morgens bei ihr in der Wohnung. Sie bemühte sich zu erklären, dass die Dinge immer komplexer wurden, je mehr sie versuchte, ihm zu helfen. Und warum es am Ende keine andere Wahl gab, als sich zu trennen. Sie vergoss Tränen dabei.

Serap ging nach der Maschine in der Küche sehen, deren Geräusche man hören konnte. Elif saß allein im Wohnzimmer. Kahraman und sie hatten hier Filme angeschaut, sich unterhalten, schweigend gesessen, gelacht, sich gestritten und geliebt. Bruchstückhaft blitzten Erinnerungen vor ihrem Auge auf, wie die Filmszenen, die sie in dieser Wohnung gesehen hatten. Sie vermisste ihn sehr, sie hatte genug von allem. Ihr Job, den sie nicht kündigen konnte, schnürte ihr die Luft ab. Sie vermisste es sogar, sich bei ihm über ihre Arbeit zu beschweren. Das hatte ihr geholfen, morgens doch noch aufzustehen und zur Arbeit zu gehen.

Etwas später saß Serap ihr mit frisch gebrühten Kaffees gegenüber. Sie unterhielten sich noch eine Weile, dann herrschte eine kurze Stille. Das Schweigen zog sich in die Länge, sie saßen einander gegenüber und schwiegen. Seraps Blick fiel auf Elifs leere Kaffeetasse.
»Dreh mal deine Tasse um, ich lese dir aus dem Kaffeesatz.«
»Ich glaube nicht wirklich an so etwas.«
»Ich doch auch nicht. Aber vielleicht sehen wir Kahraman.«

Dritter Teil

Seine Augen sind geschlossen, als hätte er keine. Er schläft nicht, entspannt nur die Augen. Es ist sonnig.

Er liegt am Pool, unter einem Sonnenschirm. Die Kinder spielen Ball im Pool. Fußball. Im leeren Pool. Beleidigen sich dabei mit nie gehörten Schimpfwörtern. Der Ball prallt auf die Fliesen, das Geräusch hallt gedämpft wider.

Er liegt mit geschlossenen Augen. Der schwarze Sonnenschirm über ihm, ein zerfleddertes, unleserliches Werbeprodukt, weht wie eine Piratenflagge. Der Beton, auf dem er liegt, drückt ihm in den Rücken. Der Ball prallt explosionsartig auf die Fliesen und bereitet ihm Kopfschmerzen. Er beschließt, aufzustehen und einen kleinen Spaziergang zu machen.

1. Unter Knistern und Rauschen

Lass meine Tür ein paar Tage offen,
Damit die Dinge mir verwundert hinterherschauen.

Ahmet Kutsi Tecer: Besbelli
[Offensichtlich]

Ich erhob mich aus meiner Liegeposition. Als ich mich hingelegt hatte, war noch niemand hier. Wann bloß waren sie in den Pool gestiegen und hatten mit dem Spiel angefangen? Der Krach war nicht auszuhalten. Ich stand auf, schaute eine Weile den Kindern zu, die unten im Pool hinter dem Ball herrannten. Keines hatte mich bemerkt. Ich ging und ließ den aus der Tiefe des Pools aufsteigenden scharfen Schweißgeruch hinter mir.

Ich lebe schon eine Weile in dieser Siedlung, weil der Wohnblock, in dem ich eine Wohnung im dritten Stock habe, abgerissen werden soll. Ich wollte nicht bis zum Abriss warten, bin freiwillig ausgezogen. Ihr werft mich nicht aus der Wohnung, ich kündige sie! Ich war vorübergehend, für einen Monat eingezogen, lebe aber schon seit einigen Monaten hier. Das hier ist eine gigantische Wohnsiedlung, die man für nicht erdbebensicher befunden und versiegelt hatte. Brandneue, blitzende und smarte Gebäude warten auf den Einsturz. Entweder durch das große Erdbeben in İstanbul oder durch die Abrissbirne. Die leerstehende Siedlung ist in der Hand einer Art von Immobilenmafia. Sie vermietet die zum Abriss freigegebenen Wohnungen zu günstigen Preisen, damit sie nicht nutzlos leer stehen. Sie vermietet meist an Leute, die ihren temporären Wohnbedarf kostengünstig decken wollen.

Oder an die, denen es noch nicht so schlecht geht, dass sie auf der Straße leben müssen, die sich aber keine Wohnung leisten können. Und an die, denen es nichts ausmacht, wenn ihnen mitten in der Nacht, während sie schlafen, die Schlafzimmerdecke auf den Kopf fällt, oder wenn der Balkon abstürzt, während sie gerade beim Abendessen sitzen. An die, denen es egal ist, wenn die Badewanne auseinander bricht, während sie ein Schaumbad nehmen, oder wenn der Korridor, durch den sie geistesabwesend laufen, sich plötzlich zum Sarg verengt. Meist wird an ältere Schnapsdrosseln und Weinnasen vermietet, an arbeitslose Transvestiten, die von ihren Familien aufgegeben wurden, an Straßenkinder, die von irgendjemand betreut werden, an Klebstoffschnüffler. Und manchmal laufen Männer in schwarzen Anzügen durch die Siedlung, wobei unklar ist, ob die Männer dienstlich unterwegs sind, um Regelverstöße zu kontrollieren, oder diese selbst zu verantworten hatten. Es ist nicht klar, ob sie Geld eintreiben oder einen Bericht schreiben. Sie laufen in Zweier-, Dreier- und Vierergruppen und schauen sich um, bereden etwas miteinander und verschwinden.

Ich war von einem Wohnblock, der abgerissen werden sollte, in den nächsten umgezogen. Dass ich hierherzog, lag hauptsächlich nicht am Geld, sondern an meinem Gesicht, das sich verändert hatte. Das Gesicht, das Elif an jenem Sonntagmorgen nach dem Frühstück fotografiert hatte, als ich mit Berna auf dem Sofa schlief. Inzwischen sah ich nicht nur im Schlaf so aus, sondern auch im Wachzustand. Vielleicht würde ich im Schlaf wieder mein altes Aussehen annehmen. Wenn ich die Augen schloss. Ich wusste es nicht. Ich versuche, nicht so viel darüber nachzudenken. Mir war, als würde die Verwandlung voranschreiten, je mehr ich darüber nachdachte, und alles wieder gut werden, wenn ich nicht darüber nachdachte.

Ich erinnere mich nicht, an welchem Tag es war, aber es muss nach einer Nacht gewesen sein, in der ich mit irrsinnigen Alpträumen zu kämpfen hatte, dass ich morgens mit diesem

Gesicht aufgewacht bin. Der Alptraum war wahr geworden. Mir war das passiert, wovor ich Angst hatte. Zugleich hatte meine Stimme sich in die verwandelt, die ich beim Abspielen der Audioaufnahme gehört hatte und die mir Furcht einjagte. Nach den immer wiederkehrenden quälenden Zweifeln hatte ich nun über beide Umstände Gewissheit. Mit unterdrückter Rufnummer rief ich einen Freund an und testete meine Stimme. Er erkannte mich nicht. »Wer sind Sie, ich habe Sie nicht erkannt, Verzeihung, wer sind Sie«, fragte er wiederholt und schnürte mir damit das Herz ab. Das Gesicht testete ich bei einem anderen Freund, dem ich in Karaköy begegnete. Das war der Moment, an dem ich dem Verrücktwerden am nächsten war. Es fühlte sich so an, als würde ein elektrischer Strom durch mich fließen. »Wer sind Sie, tut mir leid, ich habe Sie nicht erkannt, wer sind Sie?«, fragte der gespenstische Ausdruck in seinen Augen.

Es wäre das beste, zu verschwinden und an einen Ort zu ziehen, an dem die Wahrscheinlichkeit gering war, jemandem zu begegnen, der mich kannte. Zumindest für eine gewisse Zeit. Für lange Reisen fehlte mir die Energie. Diese Siedlung war ideal, nah und fern zugleich. Höchstwahrscheinlich würde alles wieder besser werden, so sein wie früher. Das war eine schlimme Zeit, eine sehr schlimme, aber sie würde vorübergehen. Dann würde ich nicht mehr darüber nachdenken und nach dem Sinn suchen, wie es dazu hatte kommen können. Auch jetzt war mir nicht nach Sinnsuche, damit der Sinn sich nicht in meinem Gesicht einnistete. Ich würde alles überstehen. In den Tiefen meines mit Verwirrung gepaarten Pessimismus hegte ich solche Hoffnung. Es war am besten, sich von allen hier fernzuhalten, bis alles wieder in Ordnung kam. Um meine psychische Gesundheit nicht zu gefährden, musste ich es vermeiden, jemanden unter die Augen zu kommen, den ich kannte, der mich aber nicht erkannte, egal ob Freund oder Ladenbesitzer. Da ich in dieser Situation kein Geld verdienen konnte, war natürlich auch der niedrige Mietpreis verlockend. Was mich jedoch wirklich hierher brachte, war die Garantie, hier von niemandem gesehen zu werden. Die Siedlung war nah am Stadtzentrum, aber weit weg von den Bekannten in der Stadt. Ein neuer Lebensraum, in dem sich das Blau der leeren Pools und das Grün bemooster Wände trafen, und mit Blick auf ein Fußballspiel!

Meine erste Begegnung mit dem Vermittler jener Männer, die vermutlich die Stadtverwaltung schmierten, um in der von der Stadtverwaltung versiegelten Siedlung Wohnungen zu vermieten, fand auf der Dachterrasse eines heruntergekommenen, gleichwohl prächtigen Gebäudes in Beyoğlu statt. Sie kam durch die Vermittlung meines Freundes zustande, mit dem ich über E-Mail kommuniziert hatte. Ich war erst etwas essen und fand dann das Gebäude, das auf dem der Mail beigefügten Lageplan beschrieben war. Ich war die Stufen zur Dachterrasse hinaufgegangen, die immer dunkler und enger wurden, je höher ich, völlig außer Atem, stieg. Es wehte ein starker nach Kölnisch Wasser duftender Wind. Er schien nur auf dieser Terrasse zu wehen. Dort drüben saß er, auf seinem weißen Plastikstuhl. Ein Mann mit dickem Bauch und spärlichen Haaren, dessen Stimme, im Kontrast zu seinem groben Äußeren, samtweich war. Er trank Rakı und aß Fischcracker. Genüssliches Rakıtrinken und Fischessen auf der Terrasse. In einer Ecke lagen, zerknüllt und weggeworfen, haufenweise kölnischwassergetränkte Erfrischungstücher. Für einen Moment hatte ich die Vorstellung, er hätte die Erfrischungstücher über den Fischcrackern ausgedrückt. Als Zitronenersatz. In einer anderen Ecke lag ein Stapel deutscher Bodybuilding-Zeitschriften. Knisternd und rauschend spielte das kleine Transistorradio auf dem Tisch undeutliche Melodien. Ich hatte Zitronenduft in der Nase. Mir wurde fast übel.

Er klappte den vor ihm liegenden Lageplan der Siedlung auf und kam direkt zur Sache. Die Wohnungen waren tatsächlich sehr preiswert. Wir einigten uns sofort über den Preis. Er übergab mir einen Umschlag, auf dem die Nummer meiner illegalen Wohnung vermerkt war. Darin lag der Schlüssel.

»Mach es dir gemütlich, ist eine schöne Wohnung, sie hat einen Balkon und eine Grundausstattung, sie wird auch nicht abgerissen oder so, sei unbesorgt. Die Siedlung wurde nur geräumt, weil sie keine Genehmigung bekommen hatte und man sich wegen des Geldes nicht hatte einigen können, du verstehst.«

Das waren die Sätze, die jeder zu hören bekam, dem er einen Umschlag in die Hand drückte. Man hörte es jedem einzelnen Buchstaben an. Nach dem Motto »Von mir aus kann die Welt untergehen«, streckte ich die Hand aus. Was ich wirklich dachte, war weniger cool: »Ist doch nur für ein paar Monate, bis ich wieder einen klaren Kopf habe.« Ich gab ihm die Anzahlung. Er zählte das Geld und steckte es in seine Brusttasche. Die Miete würde dann zu gegebener Zeit von seinem Freund vor Ort abkassiert, sagte er und verlangte meinen Personalausweis. Fast geriet ich in Panik, reichte ihn nervös herüber. Jetzt, wo das Geschäft abgeschlossen war, könnte alles platzen. Zum Glück schaute er sich das Foto nicht an. Er schlug das in schwarzes Leder gebundene Notizbuch vor sich auf, trug neben der Nummer meiner neuen Wohnung den Namen, Nachnamen und die Ausweisnummer ein. Es gab keinen weiteren bürokratischen Aufwand. Er nahm einen großen Schluck von seinem Rakı, steckte sich ein paar Fischcracker in den Mund. Im Transistorradio spielte gerade eine etwas altmodische Disco Music: der äußerst kitschige, aber voll hypnotisierende Hit »Obsession« von **Army of Lovers**. Ich ertappte mich dabei, wie ich wie angewurzelt diesen merkwürdigen Mann betrachtete, dann riss ich mich zusammen, nahm meinen Ausweis wieder an mich und verließ die nach Kölnisch Wasser duftende Terrasse. Als ich die Treppe nach unten ging, spielte das Lied, das ich nicht mehr hören konnte, in meinem Kopf weiter.

Für nur wenige Monate hierhergezogen, lebte ich seit Monaten an diesem Ort. Weder hatte ich meine Gedankenwelt geordnet, noch hatte sich mein Gesicht normalisiert. Dennoch war ich bester Stimmung, hatte mich an den Ort gewöhnt.

In der Siedlung gab es alles, aber alles war verwaist. Die Wachdiensthäuschen waren von Spinnweben überzogen. Dem Open-Air-Kino fehlte die Leinwand. Der leere Pool war ein Fußballplatz, auf dem gelegentlich gespielt wurde. In den Wasserkanälen floss kein Wasser, an den Tennisplätzen weideten die Kühe, auf der Parkourstrecke rannte niemand. Am leeren Pool war ein verirrter Rettungsschwimmerturm zu sehen, auf dem Parkplatz stand kein einziges Auto und die Fahrstühle waren außer Betrieb. Weil die Fahrstühle nicht funktionierten, waren in der Regel auch nur die unteren Stockwerke bewohnt. Anfangs befürchtete ich, dass es hier alle naselang zu Zwischenfällen kommen und ich ständig Ärger haben würde. Es gab keine Zwischenfälle, alle achteten einander. Harmloses Fluchen gab es mehr so aus Liebe und Respekt. Wie bei Menschen, die morgens in die U-Bahn steigen und erfahren, für die Strecke, die sie fahren wollen, gäbe es eine Bombendrohung. Alle begegneten sich hier einander mit Mitgefühl, in der beruhigenden und Nähe erzeugenden Gemütslage derer, die gemeinsam dem Tod ins Auge blicken. Bewohner von Häusern, die abgerissen werden. Ich empfand keine Zuneigung für sie, obwohl ich mich in ihrer Nähe nicht unwohl fühlte, vermutlich, weil sie mich nicht kannten.

Ich lief die ganze Siedlung ab und kehrte wieder zum Ausgangspunkt zurück. Das Fußballspiel im Pool war vorbei, von dem lärmenden Chaos kurz zuvor blieben ein schmutziger Ball und der Schweißgeruch, den man auch im Freien wahrnahm.

Ich stieg die kaputte Leiter des Rettungsschwimmerturms hoch und setzte mich hin. Der Plastikstuhl war unbequem, die blau-weiß gestreifte Markise völlig verdreckt und zerfetzt. Als ich mich zurücklehnte, kam es mir so vor, als wäre der Turm dadurch noch ein wenig schiefer geworden. Ich schaute auf den leeren, schmutzverfärbten Pool, er sah aus wie ein frisch aufgeworfenes, großes Grab. Na los, Mann, geh und begrabe deine Katze. Ich erinnerte mich an Elifs Blick durch die Menge auf Großmutters Beerdigung. Dann dachte ich an Großmutter, unsere traditionellen Montagsspaziergänge, den Sessel mit der Aussicht auf die Straße, die Fotos in ihrem Wohnzimmer, das verschwommene Gesicht. Welchen Monat haben wir gerade? Bei Gott, ich weiß es nicht, Großmutter. Ich bin nur für ein paar Monate hierhergekommen. Noch herrscht Unordnung in meinem Kopf. Eine Katze habe ich auch nicht finden können nach Berna. Katzen sehe ich nicht mehr so oft, und wenn, rennen sie gleich weg. Rattengift, Insektenmittel, Katzenfutter, Flohhalsbänder: Liebe Zuschauer, Ihre Ratte wird dieses Gift lieben. Wenn Ihr Ungeziefer seine Medikamente regelmäßig einnimmt, wird es gesund. Legen Sie Ihrem Floh dieses Halsband an, dann geht er nie verloren. Gutes Shampoo schäumt nicht. Diese Bücher setzen ständig Staub an. Stellen Sie sich vor, Sie sitzen den ganzen Tag zu Hause, dösen, essen, trinken Wasser. Würden Sie da nicht auch durchdrehen? Würden Sie ein Buch kaufen, das von Orten erzählt, die es nicht mehr gibt? Die aktualisierte Datei ist im Anhang, liebe Grüße. Bist du das? Welchen Monat haben wir gerade? Wer sind Sie, tut mir leid, ich habe Sie nicht erkannt. Hast du gehört, Kahraman, die Konditorei soll schließen? Diese Bücher setzen ständig Staub an. Die aktualisierte Datei ist im Anhang. Bist du das? Ist es so besser oder so? Wir müssen die Grundidee des Buches ändern, Kahraman. Lass uns woanders hin gehen. Ich mache mir nur Sorgen um dich. Wie wenn eine unsichtbare Hand die Seiten eines Buches einzeln herausreißt. Als wäre die Hand unsichtbar. Los, geh schon, Mann, beerdige deine Katze. Die Seiten eines Buches, einzeln herausgerissen.

2. Ich schaute den Tanzenden zu

Auf einmal bist du in dem alten Haus, wo du geboren,
Nach dir sehnen sich Lampe und Treppe.

Ahmet Muhip Dıranas: Olvido
[Vergessen]

Hätte Elif an jenem Sonntagmorgen das Foto nicht gemacht, als ich nach dem Frühstück mit Berna auf dem Sofa schlief, wäre mir das dann nicht passiert? War nur das Foto für diese Verwandlung verantwortlich? War es nur der Auslöser für etwas, das sowieso hätte passieren müssen? Oder diente es lediglich dazu, das Offensichtliche abzubilden? Denke nicht darüber nach. Ich denke gar nicht. Doch, tust du!

Es war dunkel geworden. Ich lief auf dem verlassenen, breiten Bürgersteig der Siedlung, unter schicken Straßenlaternen, die niemals brannten, weil sie keinen Stromanschluss hatten. Ich trug ein blaues T-Shirt mit einem völlig unleserlichen Bandnamen und eine Strickjacke. Die T-Shirts, die ich früher nur zum Schlafen anzog, trug ich jetzt immer. Die mit dem Namenszug von Bands, die ich nicht mehr hörte, die ich in einem separaten Fach im Schrank im alten Haus aufbewahrt hatte, deren Kragen ausgeleiert, Farben und Aufdrucke verblasst waren und als Pyjamaoberteile dienten. Egal, ob ich nun zu Hause oder unterwegs war.

Ich ließ den nach Verdünner riechenden Hausflur hinter mir und ging in meine illegale Wohnung. Am Eingang schaltete ich das schwache, mit illegal angezapftem Strom betriebene Licht ein und wusch mir das Gesicht mit dem illegalen Wasser aus der Leitung. Das Telefon funktionierte nicht mehr richtig. Das Display war nicht mehr zu erkennen, weil der Riss sich über die gesamte Fläche ausgebreitet hatte. Ich gab eine Onlinebestellung bei dem nahegelegenen chinesischen Restaurant auf, das eigentlich ein Imbiss war, und ging auf den Balkon. Das Wetter war weder kalt noch warm. Welchen Monat haben wir jetzt? Auf dem leeren Tennisplatz lieferten sich zwei Hunde einen spielerischen Kampf. In den unteren Stockwerken gingen langsam die Lichter an, die oberen vermischten sich mit dem Dunkel des Himmels und wurden unsichtbar. Ich saß auf dem Eisenstuhl, der beim Einzug schon auf dem Balkon stand und wartete. Die Wohnung hatte alles, was ich brauchte, nur keinen Spiegel. Einer der Besonderheiten, die ich sehr an ihr schätzte. Selbst im Bad gab es keinen Spiegel. Dass mein Gesicht sich in jenes andere verwandelte, hatte ich zuerst im Badezimmerspiegel in der alten Wohnung bemerkt. Ich wünschte, es hätte dort auch keinen Spiegel gegeben. Wie immer hatte ich kein Licht auf dem Klo gemacht, ich hatte gepinkelt, die Spülung getätigt und wollte gerade wieder hinausgehen. Ich erblickte es vage in dem halbdunklen Spiegel, ich wollte kein Licht machen, auf keinen Fall. Aber ich machte Licht, nahm all meinen Mut zusammen und starrte es an. Mir war gleichzeitig zum Lachen und zum Kotzen zumute.

Hier gab es keinen Spiegel, und das war so besser für meine seelische Gesundheit. Hier war der ideale Ort für meinen Genesungsprozess. Aus der alten Wohnung hatte ich nur das grüne Sofa mitgebracht. Mein Sofa, das mit mir von Wohnung zu Wohnung zog. Das übrige nötige Mobiliar war schon vorhanden. Und das Beste war, hier gab es keinen Baustellenlärm. Überhaupt nicht. Auch das war für meine Genesung sehr wichtig. Manchmal denke ich sogar, dass der endlose, schreckliche Lärm für alles verantwortlich war: die donnernden Abrissgeräusche, der sintflutartige Betonregen und die Kariesbehandlung an dem Riesenzahn. Wenig später fuhr ein Motorrad durch die verlassene Sicherheitsschleuse. Der Kurier trug keinen Helm, er stieg ab und nahm hinter dem Sitz mein Paket heraus. Ich winkte ihm vom Balkon. Da ich im Erdgeschoss wohnte, brauchte er den Wohnblock nicht

zu betreten. Ich lehnte mich über den Balkon, nahm meine Bestellung entgegen und zahlte.
»Danke, Abi.«
»Was ist mit dem Fleisch, was ihr sonst wegwerft?«
»Wie bitte, Abi?«
»Für die Hunde in der Siedlung. Wir hatten uns doch neulich darüber unterhalten, dass du die Fleischreste mitbringen solltest, um sie hier an die Hunde zu verfüttern.«
»Das habe ich völlig vergessen, Mann, ist mir wohl entfallen, entschuldige. Beim nächsten Mal bringe ich sie mit, Ehrenwort.«
»Ohne Soße.«
»Wie?«
»Es ist besser, wenn das Fleisch ohne Soße ist, denk daran. Die Soße schadet ihnen nur.«
»Geht klar, keine Sorge.«

Ein guter Mann. Mit rundem Gesicht, Schnauzbart und schrägen Augen, als hätte er den Job in dem China-Restaurant nur wegen seiner Augen bekommen. Ich war wie immer allein zu Hause, war mit dem chinesischen Essen fertig, hatte einen Kaffee getrunken und ging im Wohnzimmer auf und ab. Zum Schlafen war es noch zu früh, aber ich war schon furchtbar müde. Um wach zu werden, wusch ich mir im Bad lange das Gesicht. Gut, dass es im Bad keinen Spiegel gab. Weil der Handtuchhalter leer war, griff ich nach dem Bademantel, der an der Wand hing, und zog ihn am Saum zu mir herüber, schloss die Augen und trocknete mein Gesicht. Als wäre ich ein Sklave, der den Rockzipfel des Königs küsst. Ich nahm ein Mineralwasser aus dem Kühlschrank, öffnete die grüne Flasche und ging, gierig trinkend, zum Sofa. Ich wurde einfach nicht wach. Ich stellte die Flasche auf den Couchtisch und ließ mich aufs Sofa fallen. Auf das Sofa, das ich aus der alten Wohnung mitgebracht hatte.

Im Traum war ich in meiner alten Wohnung. Auf dem Sofa in der alten Wohnung. Mitten im grau-weißen Wohnzimmer mit der Aussicht auf den Tanz. Im Kurs herrschte festliche

Stimmung. Ich stellte mich ans Fenster, Berna zu meinen Füßen. Elif saß auf dem Sofa, starrte die Wand an und dachte über einen Werbefilm nach. Serap staubte die Bücher ab, führte Selbstgespräche. Das Gesicht eines der Tanzenden war das Gesicht, das ich auf dem Foto gesehen hatte. Auf dem Foto, das Elif aufgenommen hatte. Zum ersten Mal sah ich dieses Gesicht nicht an mir selbst, sondern bei jemand anderem. So wie es sein sollte. Ich hatte es wie eine Maske abgeworfen. Wie eine Krankheit, die ich losgeworden war, indem ich schließlich jemand anderen angesteckt hatte. Ich schaute ihn an, war entsetzt und heiter zugleich. Auch er sah mich an, tanzte, ohne den Blick von mir abzuwenden.

Dann kam ich wieder zu mir. Mit einem seltsamen Mut zur Konfrontation und mit der Ausrede: »Ich muss vom kleinen Laden um die Ecke noch was besorgen«, verließ ich die Wohnung. Ich musste sicherstellen, dass ich nicht wieder angesteckt wurde, ich rannte, rannte, ohne zu wissen, was ich tun sollte, zum Tanzkurs und klingelte. Jemand, in Schweiß gebadet, machte mir auf und kehrte zurück zum Tanz. Niemand wunderte sich über mein Erscheinen. Ich verzog mich in eine Ecke, setzte mich halb auf einen der roten Hocker. Es lief »Just a Friend of Mine« von **Vaya Con Dios**, mich befiel eine frühere Melancholie. Ich sah mir die Tanzenden an, der mit dem Gesicht auf jenem Foto war nicht darunter. Er war eben noch hier, er konnte nicht so schnell den Tanzkurs verlassen haben. Einer nach dem anderen schaute ich sie mir an, wie sie sich mit ästhetischen Bewegungen um sich selbst drehten, wartete, bis sich jedes Gesicht mir zuwandte. Er war weg, weg, weg. Hatte ich mich etwa geirrt? Oder war er abgehauen, als er mich hierherkommen sah?

Ich stellte mich ans Fenster und schaute hinaus, auf der Straße war niemand. Ich hob den Kopf und schaute in die Wohnung gegenüber, in meine Wohnung. Elif war auf dem Sofa, Serap wischte Staub, Berna lag auf der Heizung. Und ich klebte am Fenster und schaute hierher, war entsetzt und heiter zugleich. Mit meinem eigenen Gesicht, dass ich wahnsinnig vermisste. Mit meinem früheren Gesicht. Es fiel auf, wenn ich so erstarrt inmitten der Tanzenden stand. Um hierbleiben und mir mein früheres Gesicht noch länger anschauen zu können, begann ich zu tanzen. Meine Füße bewegten sich hierhin und dorthin, ohne mein Zutun, meine Augen waren hingegen starr ausgerichtet. Ich konnte den Blick nicht von ihm abwenden, auch er schaute mich reglos an. Dann aber setzte er sich plötzlich in Bewegung, um hierher zu kommen. Ich lief in Panik davon.

Ich spazierte in der Siedlung. Ich lief derzeit viel ziellos herum, bis mir die Beine vor Schmerz pochten, die Kniescheiben einschliefen und die Füße wund wurden. Auf den Balkon der Erdgeschosswohnung, an dem ich vorbeiging, war ein Fernseher aufgestellt, es lief ein Film. Vor dem Fernseher saß niemand. Ich blieb stehen und sah auf den Bildschirm, es lief ein Actionfilm aus der Transformers-Serie, in dem Autos zu Robotern werden. Gerade als ich mich in den Film vertieft hatte, sah ich inmitten der Fahrzeuge in Aktion den gelben Baukran und den weißen Wasserwerfer aus meiner alten Straße stehen. Es waren genau diese, keine Doppelgänger. Sie setzten sich gleichzeitig in Bewegung, verwandelten sich mit zackigen, schnellen, mechanischen Bewegungen in Löwen. In die riesigen Löwenstatuen, die mit einem edlen Sinn für Symmetrie an den Eingängen der Herrenhäuser aufgestellt werden. In dem Moment, als ich zwischen dem Kran und dem Wasserwerfer hindurchging, die sich in Löwen verwandelt hatten, begann der Boden zu beben. Ich war jetzt im Film.

Ich schreckte vom Sofa hoch, als gäbe es ein Erdbeben. Es gab nichts dergleichen. Ich wartete, bis sich mein dröhnender Herzschlag beruhigte. Würde das Haus abgerissen werden? Es wird nichts abgerissen oder so, sei unbesorgt. War der alte Wohnblock schon abgerissen? Sofort fiel mir Serap ein. Ich war weggegangen, ohne ihr etwas zu sagen. Das war nicht nett von mir. Vermutlich hatte sie es gar nicht gemerkt, weil ich meine Sachen dagelassen habe. Nicht einmal verabschiedet hatten wir uns. Sie war weggegangen als ich noch im Wohnzimmer schlief und als ich aufwachte war sie nicht mehr da. Nach wieviel unbezahlten Monatsmieten würde wohl der Vermieter an der Tür klopfen? Wohl nicht sofort. Die finden doch keine neuen Mieter, wer will schon diese Wohnung mieten? Serap würde nach ein- oder zweimal merken, dass ich nicht mehr dort wohnte. Ich musste mich auf diese Möglichkeit verlassen, denn anrufen konnte ich sie nicht, auch keine SMS schreiben. Weil ich dann meine Mutter anrufen müsste, um Seraps Telefonnummer zu bekommen. Mit dieser Stimme konnte ich nicht telefonieren.

Ich hatte großen Hunger, zog die Tür hinter mir zu und ging raus. Zwischen den verlassenen Wohnblöcken der Siedlung, mitten auf der Straße, hatten Männer mit Baskenmützen ein Feuer gemacht und grillten Fisch. Ich bekam Lust auf Fisch, ich hatte schon lange keinen mehr gegessen und verließ die Siedlung Richtung Strand. Unterwegs kaufte ich in einem Kiosk Zigaretten. Dabei hatte ich so schön mit dem Rauchen aufgehört. Zwei Männer, mit Mänteln, einer dunkler als der andere, zahlten gerade. Ich stellte mich hinter ihnen an, wartete und entdeckte mich auf dem Schwarzweißmonitor der Sicherheitskamera, die hoch über der Verkaufstheke angebracht war. Ich sah aus, als wäre ich gekommen, um den Laden auszurauben. In den Abendnachrichten würde dann das Kamerabild veröffentlicht werden. Aufgrund der Perspektive von oben würde man mein Gesicht nicht sehen können. Wie lang meine Haare geworden sind. Ich heftete meinen Blick auf die beiden dunklen Mäntel vor mir. Schnell hob ich den Kopf, als hätte es mir der Teufel zugeflüstert und starrte auf den Monitor. Es gab keinerlei Verbesserung. Noch nicht. Wie ein Tatverdächtiger senkte ich langsam den Kopf.

Als ich nach eineinhalb Stunden Fußmarsch ohne Pause den Strand erreichte, konnte ich das Meer nicht sehen. Die Promenade war durchgehend mit Sichtschutzplatten der Baustellen versperrt. Womöglich war es eine Baustelle für einen Pier. Eine seltsame Panik erfasste mich, als steckte ich in einem Aufzug fest. Ich atmete tief durch und versuchte mich zu beruhigen. Ich peilte das Fischrestaurant an, in das wir gelegentlich einkehrten, ohne die Mühen des langen Weges zu scheuen, obwohl es am anderen Ende der Stadt lag. In dem wir jedes Mal nüchtern einkehrten und betrunken wieder herauskamen.

Auch das Restaurant am Meer war von Sichtschutzplatten umgeben. Das Restaurant, das einst einem von der Brise umwehten, gemütlichen Fischerboot ähnelte, war gestrandet. Hatte sich in einen mit Alu beschlagenen Müllcontainer verwandelt. Auch wenn ich den Wunsch verspürte, den Ort sofort auf demselben Weg, mit dem gleichen schnellen Tempo zu verlassen, trat ich ein. Ich hatte großen Hunger. Die Wände waren mit einem Holzmaterial in einem aufdringlichen Muster verkleidet. Weil im Lokal kaum Betrieb herrschte, brachte mich der Kellner zu einem der großen Tische, schenkte Wasser ein und ging.

Ich saß ganz allein an einem Ende eines Tisches für acht Personen. Die Erinnerungen an diesen Ort wurden wieder wach. Es gab Tage, an denen wir nicht an die Tische passten, stundenlang über Belanglosigkeiten diskutierten und über jeden Unsinn ausgiebig lachten. Manchmal erklärten wir das kleinste Problem von einem zu unser aller Problem und diskutierten bis zum Morgengrauen. Gelegentlich suchten wir uns einen als Opfer aus und machten uns den ganzen Abend über ihn lustig, bis wir uns überwarfen, uns auf dem Heimweg wieder vertrugen und Lieder sangen. Ich trank das Wasser und beobachtete dabei das leere Aquarium gegenüber. Die Luft war verdammt stickig.

Als der Kellner an meinen Tisch kam, bestellte ich Rakı und Fisch. Sie würden keine alkoholischen Getränke mehr ausschenken, das sei ihnen untersagt worden, sagte er. Ich verlangte Cola zum Fisch. Zu Fischcrackern würde ich Rakı bevorzugen. Ich versuchte dennoch, mich nicht entmutigen zu lassen und wartete geduldig inmitten von immer intensiver werdendem Bratengeruch. Als der Kellner den dampfenden Teller brachte, aß ich mit Blick auf den Wellblechvorhang vor dem Fenster. Kaum, dass ich angefangen hatte, war ich mit dem Essen auch schon fertig, hungrig wie ich war.

Ich verlangte die Rechnung. Rauchen sei hier erlaubt. Ich steckte mir eine an. Mein Blick fiel auf die großen Fischköpfe auf meinem Teller. Ich rauchte die Zigarette und sah dabei in die vor Entsetzen geweiteten, stumpfen Augen der Fische, deren Körper ich gerade verdaute.

3. Ich war wie benommen

Dein Traumbild thront in meinem Kopf
Werde sichtbar für
meine blinden Augen, İstanbul

Âşık Veysel: (İstanbul)Sevgisi İçimde
[(İstanbul) Seine Liebe in mir]

Der Fleischer ist direkt neben dem Geschäft für Brautmoden, zwei Schaufenster dicht beieinander. Links die schneeweißen Brautkleider mit Rüschen und Silberflitter, kopflosen Schaufensterpuppen übergezogen. Etwas nach rechts fällt der Blick auf große weiße Lämmer, die der Reihe nach an ihren Hinterbeinen an silbernen Haken hängen, geköpft und gehäutet. Sie sind fett und aufgebläht, mit blau-violetten runden Stempeln übersät. Elif und ich hatten nicht geheiratet. Elif isst kein Fleisch. Und bei unserer letzten Begegnung auf dem Friedhof, fragte ich sie, wohl wissend, dass es ihr nicht gefallen würde: »Bist du noch Vegetarierin?«, weil ich mir Sorgen um sie machte. »Ja, sogar Veganerin«, hatte sie geantwortet.

Plötzlich klingelte mein Telefon, das seit geraumer Zeit nicht funktionierte und keinen Empfang hatte, weshalb ich nirgends anrufen konnte und, wie ich vermutete, auch nicht erreichbar war. Ich versuchte die Schrift zu entziffern, die am zerbrochenen Display kaum zu erkennen war. Es war Mutter. Ich ging nicht ran, auch wenn ich ihre Stimme gern gehört hätte. Sie aber würde meine Stimme nicht erkennen. Es klingelte fünfmal und verstummte dann. Jedes Mal schien das Klingeln ein wenig länger zu werden. Das Telefon in meiner Hand war warm geworden. Eine Unruhe erfasste mich. Ich wollte ihr eine Nachricht schreiben, fand den Gedanken aber doch absurd. Wenn ich ihr schreiben würde: »Ich schreibe dir, weil ich ein Problem mit meiner Stimme habe«, käme sie mit dem nächsten Flugzeug her. Es war besser zu warten, sicher würde meine Stimme bald ausheilen. Dann würde ich sie anrufen und mich lange mit ihr unterhalten. Sobald mein Gesicht wiederhergestellt war, würde ich sogar in den Flieger steigen und sie besuchen. Ich würde ihr alles ausführlich erzählen. Wir würden bis zum Sonnenaufgang wach bleiben und uns dann geruhsam schlafen legen, gegen Abend würden wir aufstehen und frühstücken. Wie damals, als Mutter zu faul war zu kochen oder wir es satthatten, immer das Gleiche zu essen. Es würde ein fröhliches Frühstück sein.

Ja, so war es am besten. Es gab keinen Grund, die Frau dort in der Ferne in Panik zu versetzen. Natürlich könnte sie auch in Panik geraten, wenn sie mich nicht erreichen konnte. Was war schlimmer, dass sie hörte, meine Stimme hat sich verändert? Oder dass sie meine Stimme später hörte? Es würde alles gut werden. Und wenn alles wieder gut geworden war, würde ich ihr erzählen, was passiert war. Als ich das Telefon zurück auf den Tisch legte, zerfiel der Bildschirm in seine Einzelteile.

Ich saß in dem Café gegenüber dem Fleischer, in dem die Luft vor Zigarettenqualm stand. Im Fernsehen lief eine einheimische Serie, das Bühnenbild simulierte ein Wohnviertel. Ich bestellte noch einen Kaffee mit wenig Zucker und blickte beharrlich auf die beiden Schaufenster auf der anderen Seite. In letzter Zeit starrte ich oft ins Leere und verlor mich darin. Vielleicht, weil ich wenig schlafe. Eigentlich habe ich nicht das Gefühl, als ob ich wenig schlafen würde. Mir genügen drei Stunden Schlaf.

Ich hatte das Café verlassen und lief seit Stunden herum. Der unebenen Bürgersteigen zum Trotz lief ich kerzengerade. Unterwegs hatte ich in einem Elektronikgeschäft mein Telefon ohne Bildschirm verkauft. Mithilfe des Angestellten kündigte ich dazu meinen Anschluss. Er schickte mich in den Laden des Anbieters gleich gegenüber. Ich setzte meine Unterschrift unter etwas und mein Anschluss war gesperrt. Das Telefon hatte zwar nicht viel eingebracht, aber wenigstens hatte ich etwas Geld in der Tasche. Ich war wegen des Mechanismus im Schaufenster etwas schlecht gelaunt. Er projizierte den Schaufensterbetrachter auf Plasmafernseher, die nebeneinander aufgereiht und übereinander gestapelt im Schaufenster standen. Innerhalb einer Woche war ich zweimal auf Bildschirmen zu sehen, beim zweiten Mal sogar dutzendfach. Als würde eine Plage oder eine Krankheit sich rasend verbreiten. So was war doch höchst ansteckend. Es waren Situationen, die meinen Genesungsprozess in meiner spiegellosen Wohnung negativ beeinflussen konnten. Ich sollte besser aufpassen.

Es musste Abend geworden sein, die einfachen Speiselokale machten zu. Die Holzstühle lagen wie Insekten nach der Behandlung mit Insektenspray rücklings auf den Tischen und rangen mit dem Tod. Wie Wanzen. Ich hatte wieder Kopfschmerzen. In letzter Zeit schlief ich mit Kopfschmerz ein und wachte mit ihm auf. Wegen der Schlaflosigkeit vielleicht? Wegen des Auges? Aber das Auge war doch in Ordnung. Ich hörte auf, in mich hineinzuhorchen, als ich das Geschrei zweier Männer hörte, die sich auf dem gegenüberliegenden Bürgersteig stritten. Einer von ihnen ging auf den anderen los und brüllte: »Weißt du überhaupt, wer ich bin?«

Mit unbeholfenen Bewegungen rangelten sie miteinander, demonstrierten Überlegenheit. Ich blieb stehen und schaute zu. Aus irgendeinem Grund wollte ich Blut sehen, viel dunkles Blut. Ich wollte Blutspritzer in der Luft fliegen und Blutlachen auf dem Asphalt sehen. Der Kampf eskalierte nicht. Sie rangelten wie räudige Hunde und gingen dann auseinander. Ich war enttäuscht und entfernte mich widerwillig.

Ich durchschritt den nach Verdünner riechenden Hausflur und trat in die Wohnung. Jemand lag auf dem Sofa. Auf dem dunkelgrünen Sofa aus der alten Wohnung. War er tot? Ich machte ein paar zaghafte Schritte. Er schlief und hatte mein altes Gesicht. Wie sehr hatte ich es vermisst. Fast hätte ich Freudentränen vergossen. Auf seiner Brust lag, aufgeschlagen, das İstanbul-Buch. Das Lesen machte ihn schläfrig. Leise nahm ich ihm das Buch weg, um es zugeklappt auf den Couchtisch zu legen. Als ich es in die Hand nahm, merkte ich, dass es sehr umfangreich war, drei- oder viermal dicker als das, was ich in der Buchhandlung gesehen hatte. Dann schaute ich auf den Umschlag. Es war das Foto der alten Konditorei, die schließen musste. Wie ich es ursprünglich geplant hatte. Das Foto war in einem Gelbton gehalten. Der Umschlag war herzerwärmend. Ich blätterte darin. Es enthielt alle Orte, die nicht mehr existierten: Die Buchhandlung, bei der ich zuerst war, mit dem Porträtfoto des Besitzers, der die Niesattacken hatte. Gesundheit! Dann das Kino, der Besitzer mit den buschigen Augenbrauen. Gesundheit! Es gab alte Filmplakate, Einkaufspassagen, Parks, Kneipen, ansprechende Einführungstexte, beeindruckende Fotos, interessante Informationen. Meine Augen füllten sich mit Tränen. Der Mann mit meinem alten Gesicht, der auf dem Sofa schlief, bewegte sich. Er würde gleich aufwachen.

Ich wachte auf dem Sofa auf, fühlte eine beunruhigende Leere in mir. Ich war wie benommen, ging auf den Balkon und setzte mich auf den Eisenstuhl. Die Siedlung lag im Dunkeln. In den unteren Stockwerken brannten ein paar Lichter. Vom Pool her war Kinderlärm zu hören, sie spielten Fußball. Der Aufprall des Balls hallte von den Wänden des leeren Pools wider.

Das Wetter draußen spuckte einem ins Gesicht. Ich ging rasch auf der verlassenen Parkourstrecke, zusammen mit zwei Hunden, die mir folgten, der eine braun, der andere schwarz. Vor dem Open-Air-Kino, dem die Leinwand fehlte, stand eine Menschenansammlung. Das beunruhigte mich. Sie hatten mich noch nicht gesehen. Ich versteckte mich hinter einem vertrockneten Baum. Die Hunde gingen weiter und stellten sich neben die Männer. Als ob sie mich dort vertreten würden. Trotz des Windes, der Entfernung und meiner Angst, entdeckt zu werden, konnte ich alles sehr deutlich hören.

Einer von ihnen sprach zu den Anderen. Ich hielt den Atem an und lauschte. Es ging zum Glück nicht um mich, sondern um seinen Nachbarn, der über ihm wohnte. Über seinem Kopf habe ein ständiger, nicht enden wollender Lärm von Renovierungsarbeiten geherrscht, Tag und Nacht sei an die Wände gehämmert worden, sagte er. Das erinnerte mich an meine alte Wohnung. Waren die Nachbarn unter mir wohl ausgezogen? Stritten sie sich weiter? Mir kam der gelbe Teller in den Sinn, der noch in der alten Wohnung war. Das Bild des gelben Tellers füllte sich mit Licht und verwandelte sich allmählich in den falschen Vollmond. Aus der Tiefe drang Baustellenlärm an meine Ohren. Der falsche Vollmond blieb noch eine Weile vor meinem geistigen Auge hängen, wurde langsam zu einem echten Vollmond und explodierte schlagartig.

Der Mann war noch am Erzählen. Er habe sich immer in Geduld geübt, an sich gehalten, keine Unannehmlichkeiten bekommen wollen, alles hingenommen und auf ein Ende gehofft, aber es habe kein Ende genommen. Eines Tages hätten die Renovierungsarbeiten abrupt geendet. Es war nie wieder davon zu hören gewesen. Er habe gewartet, aber es habe keinen Laut mehr gegeben. Dann sei er neugierig geworden und nach oben gegangen. Die Tür sei aufgebrochen und kaputt gewesen. Als er hineingegangen sei, habe er die Leiche des Mannes gefunden, der einen blutigen Hammer in der Hand gehalten habe. Der Mann habe sich mit dem Hammer den Kopf zertrümmert. Den eigenen Kopf. Die ganze Wohnung sei demoliert gewesen: Wände, Möbel, Regale, Fernseher, Geschirr, alles.
»Er hat gar nicht renoviert, wie ich erst dachte. Der Mann schlug wohl nach Belieben die Wohnung kurz und klein. Tag und Nacht.«

Der Nachbar zertrümmerte monatelang seine Wohnung und schlug dann seinen eigenen Kopf zu Brei. Ich hielt es nicht mehr aus und streckte meinen Kopf hinter dem trockenen Baum hervor und schaute nach ihm. Der Mann, der die Geschichte erzählte, schien ziemlich erschüttert zu sein. Offenkundig litt er unter der Gewissensnot, zugehört und nicht eingegriffen, nicht einmal nachgesehen und gefragt zu haben, was da los sei, und diesen schrecklichen Tod nicht verhindert zu haben. Während die anderen ihm wünschten, dass er sich bald besser fühlen möge, trat ich leise hinter dem Baum hervor und entfernte mich. Dabei spitzte ich die Ohren. Sie waren alle still. Es war klar, woran sie dachten. An den verstorbenen Nachbarn von oben. Woran ich dachte, war weniger klar. Mein Kopf war völlig leer. Einer der Hunde blieb dort, der andere folgte mir. Der Schwarze. Ich schaute eine Weile auf meinen Schatten. Ich sollte zum Friseur gehen, die Haare waren sehr lang geworden. Schweigend ging ich weiter, heftete meinen Blick auf das Pflaster. Bald vermischte sich mein Schatten mit dem des Hundes.

Als ich nach Hause kam, merkte ich, es war jemand in meiner Wohnung gewesen. Es fehlte nichts, aber einige Möbel waren umgestellt, das Sofa etwas zur Seite geschoben. Ich kontrollierte die Wohnungs- und Balkontüren, beide wiesen keine Spuren von Gewalt auf. Man hatte sich mit einem Schlüssel Zugang verschafft. Ich dachte an die Männer in den Anzügen, die in der Siedlung herumliefen und sich umschauten. Neulich standen sie vor meiner Wohnungstür und flüsterten miteinander. Auch der Mann, der mir die Wohnung vermietet hatte, der Fischcrackerjunkie, war dabei. Er machte eine verunsicherte Miene, hielt die Hände vor sich gefaltet und stand da in gekrümmter Haltung. Wie ein ertappter Übeltäter. Selbst durch das Guckloch war seine Angst deutlich zu erkennen. Die Miete hatte ich kürzlich bezahlt und schuldete ihm nichts. Waren sie wegen des toten Mannes hier gewesen? Aber der hatte sich doch selbst umgebracht. Ich wusste nicht, warum sie an meiner Tür standen und was sie miteinander verband. Ich wollte es auch nicht wissen. Dann hatte jemand an die Tür geklopft. Ich hatte natürlich nicht aufgemacht, den Atem angehalten und durchs Guckloch gespäht. Sie hatten bestimmt einen Ersatzschlüssel. Ich hatte mir vorgenommen, über den Balkon zu flüchten, sollten sie versuchen, hereinzukommen. Ich hatte Angst, sie könnten meinen Herzschlag hören. Was wollten sie von mir? Hier konnte ich nicht mehr bleiben, war aber zu träge, mir eine andere Bleibe zu suchen. Ich hatte den Atem angehalten und wieder durchs Guckloch geschaut, sie waren weggegangen.

Ich lief in der Wohnung umher, in der andere sich zu schaffen gemacht hatten. Ich rang nach Atem. Als ob ich in der Falle säße. Nach einigen Runden im Wohnzimmer schaute ich durch das Guckloch. Es war niemand da.

4. Auf dem Sofa am Bürgersteig

Im Geheul der abflauenden Südwestwinde
Höre ich İstanbul
die Augen geschlossen.

Orhan Veli: İstanbul'u Dinliyorum
[Ich höre İstanbul]

Die von dem Hausschuh verkrüppelte Spinne aß Katzenfutter mit Kaninchenfleisch. Während die Futtermenge abnahm, wurde das Tier immer größer. Seine dünnen Beinchen wurden krumm und lang wie Äste. Seine Augen färbten sich langsam rot.

Ich öffnete die Augen und war in meinem alten Wohnviertel. Am Bürgersteig auf dem Sofa. Man hatte mich samt meinem dunkelgrünen, abgenutzten Sofa auf die Straße gesetzt. Offensichtlich war ich noch am Schlafen. Ich machte wieder die Augen auf. Nun war ich wach. Ich musste pinkeln, stand vom Sofa auf, schleppte mich, schlaftrunken und die Füße über den Boden schleppend, zur Toilette. Als ich im Halbdunkel der Toilette gepisst hatte, bemerkte ich beim Hinausgehen, wie jemand in der Ecke stand. Genau dort, wo es keinen Spiegel gab. Es war der Friseur. Er reichte mir den kleinen Spiegel, wie immer mit der ihm eigenen, angeberischen Geste. Obwohl ich mit dem Gesicht zu ihm stand, war in der Spiegelung mein Hinterkopf zu sehen. Meine Haare waren nass.

Fluchtartig rannte ich zurück ins Wohnzimmer. Ich wollte mich gerade wieder hinlegen, da sah ich an der Stelle, an der ich vorhin gelegen hatte, einen Monitor liegen, an das Kissen angelehnt. Das Bild zeigte mich schlafend. Ich lag mit dem Rücken zur Kamera, mein Gesicht war nicht zu sehen.

Ich blieb stehen und schaute zu, neben mir der Arzt mit dem Vollbart. Auch er betrachtete aufmerksam den Monitor auf der Couch. Ich wandte mich wieder dem Monitor zu und starrte auf ihn, ohne zu blinzeln. Vor Müdigkeit konnte ich nicht einmal mit den Augen zwinkern. Weil ich mir beim Schlafen zuschaute, würde ich auf den Schlaf verzichten müssen. Ich musste lachen, als ich diesen Satz dachte. »Ich hasse Schriftsteller, die ihre eigenen Gedanken den Romanhelden in den Mund legen«, sagte der Vollbart. Ich lachte. »Was gibt es da zu lachen, ich meine es ganz ernst«, verwarnte mich der Arzt.
»Ich weiß nicht, ich habe nur so gelacht.«

Als ich erneut die Augen öffnete, beugte sich Elif mit ihrem Telefon in der Hand über mich und machte Serienfotos. Ich hörte das wiederholte Klicken des Auslösers und schloss wieder die Augen. Wie von Kugeln getroffen. Wie tot.

Ich stand vom Sofa auf, als würde ich aus einem bodenlosen Brunnen emporsteigen, schüttelte Wahnvorstellungen, Träume und Gedanken ab, die über mich gekommen waren. Ich war wieder zum Zombie geworden. Konnte nicht schlafen, dämmerte nur kurzzeitig ein, hatte flüchtige, seltsame Träume, die mir allmählich den Kopf vernebelten. Ich saß wie auf Nadeln. Wegen der Geräusche in der Wohnung. Es war, als würden sich Leute darin bewegen. Als öffnete sich die Tür lautlos und schlösse sich wieder. Ich zog mir ein paar Sachen über und verließ die Wohnung.

Im Supermarkt war es kalt wie in einem fremden Land. Die Luft der Klimaanlage schlug mir eiskalt ins Gesicht. Ich zog den Reißverschluss der Strickjacke zu und kaufte ein, um den winzigen Kühlschrank zu Hause zu füllen. Ich war in letzter Zeit oft hier, kaufte wenig, da ich nicht länger in der Siedlung bleiben wollte. Ich schlenderte eine Weile zwischen den Regalen umher. Ich war eine Art Supermarktflaneur.

Ich ging zur Kasse. Der Angestellte trug ein Namensschild mit seinem Foto auf der Brust. Er schien wie auf seiner eigenen Beerdigung. Wir grüßten einander. Er sah müde aus. Todmüde sogar. Ich nahm das Wechselgeld entgegen und stopfte die Einkaufstüten in den Rucksack.

Ich ging schnell. An einer Wand waren reihenweise Plakate für eine »80er-Jahre-Nostalgie-Party« geklebt. Ich betrachtete im Vorbeigehen die Plakate, auf deren Mitte das rot-weiße Logo des »Ghostbusters«-Films prangte. Die »Keine Geister erlaubt«-Warnhinweise. Einer niedlicher als der andere.

Das Wetter schlug plötzlich um, es kam ein scharfer Wind auf, der einen schummrig im Kopf machte. Ich zog den weinroten Schal aus meinem Rucksack, als zöge ich den Dickdarm aus dem aufgeschlitzten Bauch eines Tieres. Ich wickelte ihn um meinen Hals. Meine Haare peitschten mir ins Gesicht, ich blinzelte mit den Augen, und bald darauf regnete es.

Als ich das China-Restaurant erreichte, war ich klitschnass. Bei dem Freund mit den schrägen Augen holte ich die Fleischreste ab. Ich hatte die Hunde in der Siedlung in eine der leeren Wohnungen in dem Stockwerk über mir untergebracht. Es war nämlich extrem kalt geworden. Besonders nachts. Die Tür war aufgebrochen, die Wohnung völlig leer. Niemand schaute vorbei oder würde je vorbeikommen. Für die Hunde war es ein idealer Schutzraum. Mehrmals in der Woche brachte ich ihnen die Fleischreste aus dem China-Restaurant. Zunächst hatte ich befürchtet, sie würden übereinander herfallen. Ich wollte mich um sie kümmern und fürchtete, sie würden sich zerfleischen, nur weil ich ihnen half. Es passierte jedoch nichts dergleichen. Sie lebten friedlich wie eine große Familie in ihrer Wohnung, hatten drei Schlafzimmer und ein Wohnzimmer zur Verfügung. Ihr Geschäft verrichteten sie selbstständig außerhalb der Wohnung. Ich besuchte sie immer öfter. Ich fühlte mich ihnen jeden Tag ein bisschen näher.

Ich ging nach Hause und stellten den Einkauf in der Küche ab, zog mir trockene Sachen an und briet das Fleisch in der Pfanne. Es duftete verlockend. Ich lud alles in eine große Schüssel und ging nach oben. Als ich in die Wohnung kam, wurde ich wie immer mit unbeschreiblicher Begeisterung empfangen. Die wedelnden Schwänze klatschten aneinander, das aufgeregte Hecheln aller vermischte sich. Wenn ich den Kopf des einen streichelte, wetteiferten die anderen darum, ihre Köpfe unter meine Hand zu legen.
Das Fleisch verteilte ich in kleinen Mengen in die Behälter, die an verschiedenen Stellen der Wohnung standen. Es war genug für alle da. Ich setzte mich in die Ecke auf die Matratze auf dem Boden und lauschte ihrem genüsslichen Schmatzen, das einem selbst Appetit machte. Ich wollte nicht nach unten gehen, ich hatte Angst vor den Männern in den Anzügen an meiner Tür, vor ihren geflüsterten Unterhaltungen, vor ihren Schritten in der Wohnung. Angst vor dem Geräusch der Tür, die ich morgens sich öffnen und schließen hörte, vor den Möbeln, die ich verschoben vorgefunden hatte. Ich legte mich widerwillig auf das dreckige Bett am Boden und schloss die Augen.

Ich ging eine Straße entlang, in der gerade gebaut wurde. Die Gegend war überraschend still. Eine weiße Staubwolke hing wie Nebel in der Luft, rot-weiße Absperrbänder flatterten im Nichts. Neben mir drängten sich krumme Pflanzentriebe durch die verfallende Backsteinmauer. Die Steine waren an Eisenstangen befestigt, Nylonfetzen ragten wie wehende Fahnen zwischen den Ziegeln hervor.

Staubwolken hingen über der Mauerruine. Sie war dicht an dicht mit Plakaten für die Nostalgie-Party mit dem »Ghostbusters«-Logo zugeklebt. Daneben hingen dunkle Fotokopien mit Vermisstenanzeigen. Als ich etwas näher heran ging, sah ich, dass auf den Fotos nur Hinterköpfe zu sehen waren. Ihre Haare waren nass. Bei einem ging ich besonders nahe heran. Ich war nicht ganz sicher, aber er sah meinem Kopf ähnlich. Ich fasste mir ins Haar, es war klatschnass.

Von weit her hörte ich eine Türklingel. Von sehr weit her. Ich lag schweißgebadet auf der verrotteten Matratze in einer Ecke der Hundewohnung. Es klingelte an meiner Wohnungstür. Überall schlichen große und kleine Hunde leise umher, als wollten sie mich nicht aufwecken. Aber der Klingelton klang dumpf und kam von sehr weit her, denn ich befand mich ein Stockwerk darüber. Es klingelte unten an meiner Wohnung. Ich fühlte mich wie ein Märchenheld, der im Wald unter wilden Tieren mit einer Amnesie aufwacht. Als ich mich erinnerte, hier eingeschlafen zu sein, verflog meine Verwirrung. Ich stand auf, brachte mein verschwitztes Haar mit schnellen Fingerbewegungen in Ordnung. Meine Fingernägel, von denen ich nicht mitbekommen hatte, wann sie so lang gewachsen waren, rissen mir die warme Kopfhaut auf. Der ganze Körper war steif. Ich war froh, dass ich hier oben war und nicht in meiner Wohnung und so unbemerkt nachsehen konnte, wer vor meiner Tür stand. Ich bahnte mir einen Weg durch die Hunde und trat aus der angelehnten Wohnungstür. Es hatte aufgehört zu klingeln.

Als ich gerade geräuschlos die Treppe nach unten gehen wollte, hörte ich vertraute Stimmen unten vor meiner Wohnung. Ich ging langsamer, stieg die letzten paar Stufen auf Zehenspitzen hinunter, duckte mich, hielt den Atem an und schaute nach unten. Meine Mutter, Elif und der Mann, der mir die Wohnung vermietet hatte, standen vor meiner Tür. Der Duft von Elif stieg mir in die Nase, ich sog ihn ein und merkte, wie sehr ich sie vermisst hatte. Es war wie ein Traum, und doch war es keiner. Das hier hatte nichts mit den verschachtelten, irrwitzigen Alpträumen gemein, die mich in letzter Zeit attackierten. Ich war hellwach. Der Fischcrackerjunkie redete unterwürfig und beruhigend auf meine Mutter ein, um eine drohende Anzeige von ihr bei der Polizei zu vereiteln.
»Liebe Schwester, wir brauchen doch keine Polizei, Sie haben schon bei sämtlichen Behörden einen Mordskrach veranstaltet. Nicht nötig, ich werde Ihnen behilflich sein. Hier, schauen Sie, in meinem Notizbuch habe ich es vermerkt,

Kahraman Kara. Hier ist auch die Nummer des Personalausweises, bitteschön. Ich bin mir sicher, wir haben ihm diese Wohnung vermietet. Aber es war nicht dieser Freund auf dem Foto, wenn ich mich recht erinnere, es war ein anderer im gleichen Alter. Ich will Ihnen gern behilflich sein.«

Der Mann hielt das Notizbuch mit dem schwarzledernen Einband in der Hand, meine Mutter, mit Tränen in den Augen, ein Foto von mir. Es war ein altes Foto von mir, mit meinem alten Gesicht. Elif ging dazwischen.
»Schon gut, Hauptsache, die Personalien stimmen überein. Vielleicht haben Sie sein Gesicht anders in Erinnerung. Wenn Sie einen Schlüssel dabeihaben, sollten wir aufschließen, klingeln nützt wohl nichts.«
»Aber natürlich, bitte, gehen wir hinein.«

Während sie meine Wohnung betraten, kehrte ich auf leisen Sohlen in das obere Stockwerk zurück. Zu den Hunden. Mutter hatte also Elif angerufen, da sie mich nicht erreichen konnte. Oder Elif hatte Mutter angerufen. Aber weder kannte meine Mutter Elifs Telefonnummer, noch Elif die von meiner Mutter. Und dennoch hatten sie sich gefunden. Aber wie hatten sie die Adresse herausgefunden? Vielleicht waren sie zusammen in meiner alten Wohnung? Ob das Haus schon abgerissen wurde? Und als sie mich dort nicht antrafen, hatte Elif der Reihe nach alle meine Freunde angerufen. Sie kannte auch den, der mir diese Siedlung empfohlen hatte. Sie hatte sicher nicht als Erstes an ihn gedacht. Sobald sie die Liste erweiterte, war sie auch auf ihn gekommen. Und er hatte Elif auf die nach Kölnisch Wasser duftende Terrasse hingewiesen. Das alles wäre nicht passiert, wenn der Mann mich nicht registriert hätte. Wie gut, dass ich hier eingeschlafen war. Sonst wären sie in meine Wohnung gekommen und hätten mich gleich dort gefunden, und mich gleichzeitig nicht gefunden. Sie hätten mich geweckt und mich nach mir gefragt. Ich hätte das nicht verkraftet. Es wäre mein Ende gewesen. Ich spürte ohnehin schon, dass ich am Ende war. Mir war schwindlig. Vor Hunger.

Ich war einer Ohnmacht nahe, ich hatte schon lange nichts mehr gegessen. Es war noch etwas von dem Fleisch übrig, das ich für die Hunde zubereitet hatte. Es roch immer noch gut. Ich beschloss, etwas davon zu essen, um nicht vor Hunger zu sterben. Als die Hunde mich so essen sahen, folgten einige meinem Beispiel. Der mit dem Fuchsgesicht zu meiner Rechten und der mit dem großen Kopf zu meiner Linken. In dem Moment, als sie das dunkelgrüne Sofa sah, hatte sie sicher begriffen, dass ich dort lebte. Was hatte sie gefühlt, als es ihr klar wurde? Und was würde sie erst fühlen, wenn sie mich in dieser Wohnung mit den Hunden Fleisch essen sehen würde, meine »vegetarische, inzwischen sogar vegane« Ex-Freundin?

5. Ein neuer Anfang

Denke ich an İstanbul,
kommt mir ein Märchen in den Sinn
Es war einmal, es war keinmal

Bedri Rahmi Eyüboğlu: İstanbul Destanı
[İstanbul-Epos]

Mir ging es so gut wie schon lange nicht mehr. Stundenlang hatte ich ununterbrochen inmitten der Hunde auf der Matratze am Boden geschlafen. Es war ein tiefer Schlaf ohne irrwitzige Träume. Draußen herrschte strahlender Sonnenschein. Als wäre ich aus dem Winterschlaf erwacht, entledigte ich mich der monatelangen Benommenheit, ich war wieder auskuriert. Ich sah mein Spiegelbild in der Fensterscheibe. Auch mein Gesicht nahm, wenn auch langsam, wieder seine frühere Gestalt an. Ich sah besser aus. Ich drehte den Wasserhahn in der Küche auf, wusch mir lange das Gesicht, rieb mir den Sand aus den Augen und zog mir ein paar der Sachen wieder an, die ich vor dem Hinlegen ausgezogen hatte.

Ich hatte beschlossen, nach Beyoğlu zu gehen, um mein Buch zu kaufen. Ich würde gleich ein paar Exemplare kaufen. In dem Buchladen, in dessen Schaufenster ich das Buch gesehen hatte und vor dem ich weggelaufen war, aus lächerlichem Stolz. Eins würde ich an meine Eltern schicken, mit einem kurzen Brief, in dem ich ihnen erklärte, warum sie lange nichts von mir gehört hatten. Und eins an Elif, mit einem ähnlichen Brief. In Gedanken an den Inhalt dieser Briefe zog ich los.

Die Sonne schien. Die Stadt zeigte sich in ihrer ganzen Hässlichkeit. Die İstiklâl-Straße war wieder verdammt chaotisch. Ein intensiver Mix von Gerüchen lag in der Luft. Meine Angst, Bekannten zu begegnen, war nicht mehr so stark. Ich lief an Wasserwerfern vorbei, Kränen, Müllwagen, Reinigungsfahrzeugen der Stadtverwaltung und dem Gewirr mürrischer Menschen und setzte mich in den Imbiss, in dem ich früher fast täglich aß. Erst einmal musste ich etwas essen.

Ich betrachtete mein Gesicht aus nächster Nähe im Spiegel und aß einen Toast. Meine Haare waren sehr lang geworden. Bart und Schnauzer auch. Alles war lang und verfilzt. Mir schien, als würde mein Gesicht schon besser aussehen. Ich richtete meinen Blick auf den Butterberg, der mich jedes Mal als ein anderes Tier begrüßte. Heute hatte er vier Beine und spitze Ohren. Ich verstand nicht, welches Tier er darstellte. Es sah aus wie ein Hund. Aber das konnte nicht sein. Als ich bezahlt hatte und das Lokal verlassen wollte, fiel mein Blick auf die Hotdogs unter dem rötlichen Strahler. Sie sahen aus wie die orangerote, blubbernde Oberfläche eines Planeten. Ich betrachtete lange diese außerirdische Erscheinung. Es fiel mir schwer, meinen Blick davon abzuwenden und hinauszugehen.

Ich ging in das Café, das sich in der Nähe des Cafés befand, in dem ich einst Dauergast war und bei dem ich beharrlich vergaß, dass es geschlossen hatte. Drinnen war alles genauso, wie ich es verlassen hatte. Es war sinnlos dunkel, der Tisch wackelte, die Musik war grauenhaft, es roch nach verfaultem Obst. Dennoch freute ich mich, diesen ungemütlichen Ort unverändert vorgefunden zu haben. Ich bestellte Filterkaffee, nahm Stift und Papier zur Hand und schrieb zwei kurze Briefe, einen an meine Eltern und einen an Elif, um sie zusammen mit den Büchern zu verschicken. Ich beendete beide in optimistischer Stimmung und betonte, dass ich daran glaubte, dass alles besser werden würde. Es war ein hoffnungsvolles Finale. Und ich versprach, ich würde noch einmal von vorne anfangen. Diese Hoffnung lag auch der

Überschrift beider Briefe zugrunde: ein neuer Anfang. Ich steckte die Briefe in den Rucksack, zahlte und trat wieder auf die İstiklâl-Straße. Als ich mich der Straße näherte, die zu meiner alten Wohnung führte, erkannte ich den jungen Polizisten, der neben seinem Auto Wache schob. Wir waren uns in der Nacht begegnet, als ich unterwegs war, Berna zu beerdigen. Er hatte nach meinem Ausweis gefragt. Unsere Blicke trafen sich. Er schaute mich an, als hätte er mich erkannt und wollte sagen: »Was war denn in jener Nacht, hast du deine Katze begraben können?« Ich drehte mich mit einem Lächeln um und wollte zu ihm rübergehen. Plötzlich zog er seine Augenbrauen zusammen und wies mich mit einer scharfen Kopfbewegung ab. Mir war, als hätte er dazu mit dem Fuß aufgestampft. Es hatte keinen Sinn, länger zu verweilen. Außerdem war ich wegen des Fotos auf meinem Ausweis ohnehin nervös. Sofort wandte ich den Kopf ab und entfernte mich.

Ich stand am Beginn der Straße zu meiner alten Wohnung. Sollte ich mir das Wohnviertel anschauen? Sehen, wie es dort aussah? Während ich unentschlossen dastand, sah ich meine Nachbarin und ihren Mann aus der Wohnung unter mir. Meine früheren Nachbarn. Sie bogen gerade in die Straße ein, sie waren also nicht umgezogen. Vielleicht waren sie auch zufällig hier vorbeigekommen. Ich nahm meinen Mut zusammen und schaute sie an. Die Frau sah anders aus. Der Mann war unverändert der gleiche Ochse. Aber die Frau war nicht dieselbe Frau. Mit der Gelassenheit, von ihnen nicht erkannt worden zu sein, starrte ich sie lange an und lief langsam hinter ihnen her. Sie sah der Frau sehr ähnlich, war aber definitiv jemand anders. Ich war mir sicher, weil ich ihr Gesicht eingehend betrachtet hatte, als sie an jenem Tag das Dessert brachte. Ihre Haare, ihre Haltung und ihr Gang waren dieselben, nicht aber ihr Gesicht.

Ich hob den Kopf, als ich die Hupe hörte. Der Fahrer eines vorbeifahrenden Autos hing halb aus dem Fenster und beschimpfte mich. In dem Moment merkte ich, dass ich regungslos in der Mitte der dreispurigen Straße stand. Autos, Sammeltaxis, Taxis, Kleinbusse, Lastwagen, Busse und Motorräder rasten ungehemmt auf mich zu. Das ohrenbetäubende Gehupe vermischte sich zu einer Kakophonie. Meine Kehle war von Staub und Erde verklebt. Ich stand eine Weile inmitten der Straße und schaute mich verwundert um. Dann rannte ich in einem plötzlichen Entschluss auf den Bürgersteig zu. Autofahrer, Fahrgäste und Fußgänger sahen mich ungläubig an. In den Augen der meisten von ihnen war mehr Mitleid als Zorn. Die Frau, die meiner Nachbarin ähnelte, und ihr Mann waren verschwunden. Ich gab den Plan auf, mein altes Viertel zu besuchen und ging zur İstiklâl-Straße zurück, in die Buchhandlung.

Den Buchladen gab es nicht mehr. In dem Schaufenster, in dem ich mein Buch entdeckt hatte, standen jetzt Parfümflaschen. Ihr betörender Duft stieg mir in die Nase. Ich schaute auf die bunten Flakons und blieb wie angewurzelt stehen. Der geschlossene Buchladen war der letzte seiner Art in dieser Gegend gewesen. Zum Verlag mochte ich nicht gehen, auch wenn mein Gesicht besser aussah. Meine Pläne für heute waren hinfällig. Die Briefe blieben im Rucksack und deren verheißungsvolles Finale in meinem Herzen. Auf einmal hatte ich kein Ziel mehr. Ich wollte nicht nach Hause, ich ging weiter, ohne zu wissen wohin.

Ich ging zum Taksim-Platz, ein von unerträglichem Grau umzingelter Platz voller Beton, soweit das Auge reichte. Von überall her kamen intensive, beißende, erstickende Gerüche, mir schwindelte ein wenig. Als ich die Augen schloss, erschien mir der falsche Mond, sattgelb, tadellos rund. Er nahm allmählich zu. Ich atmete tief durch die Nase und öffnete die Augen. Der Platz war ruhig im Vergleich zur İstiklâl-Straße. Ich schlurfte mit den Füßen und achtete nicht darauf, wohin ich ging.

Weiter vorn stand eine kunterbunte Menschenansammlung. Ich ging hin, dachte mir nichts dabei. Als ich näherkam, merkte ich, es war eine japanische Touristengruppe. Der Reiseleiter trug eine an einer dünnen, langen Stange befestigte bunte Fahne in der Hand. Seine Sonnenbrille war zu groß und für seine Nase zu klein. Was für ein Wunder, dass ihm die Sonnenbrille nicht vom Gesicht fiel. Mein Blick verfing sich in der bunten Fahne, die am Ende der Stange wehte. Ich verspürte eine seltsame Erregung, dann bewegte sich die Fahne vorwärts. Der Reiseleiter setzte sich in Bewegung, die Gruppe im Schlepptau hinterher.

Nach kurzem Zögern folgte ich ihnen. Darauf bedacht, die Fahne nicht aus den Augen zu verlieren, liefen wir mit schnellen, kleinen Schritten in Richtung Harbiye. Den Weg zu Elifs Haus.

İstanbul, 2015–2017

Der Sound zum Roman

Alice in Chains: »Dam That River«
Army of Lovers: »Obsession«
Bruce Springsteens: »The River«
Dave Matthews Band: »Under The Table and Dreaming«
Dire Straits: »Calling Elvis«
Kraftwerk: »Tour de France«
Live: »Pain Lies On The Riverside«
Nick Drake: »River Man«
Nirvana: »Molly's Lips« (The Vaselines)
Psychic TV: »Just Drifting«
Pulp: »Dogs Are Everywhere«
Pulp: »Down By The River«
Rammstein: »Das Model« (Kraftwerk)
REM: »Find The River«
Röyksopp: »Triumphant«
Stooges: »I Wanna Be Your Dog«
Talking Heads: »Take Me To The River«
The Tallest Man On Earth: »Rivers«
The Tea Party: »The River«
Vaya Con Dios: »Just a Friend of Mine«

Joy Division
Pulp
The Smiths
The Strokes
Suede

Abgelegte Bands

Black Sabbath
Faith No More
New Model Army
Nine Inch Nails
Pantera
Therapy?

Gehen Sie, sagte die Stimme hinter der Tür. Ich frage Sie nicht, woher Sie gekommen sind, ich gebe Ihnen auch Ihr Geld zurück, sogar mehr, wenn Sie wollen, Hauptsache, Sie gehen.
Nein, sagte sie, doch sie konnte ihre Stimme nicht hören.
Wenn Sie nicht gehen, dann breche ich das Schloss auf, so oder so, Sie werden gehen. Es ist zu Ihrem Besten, solche wie Sie sollten hier nicht herkommen.

Sine Ergün
»Solche wie Sie«
Dreiundzwanzig Kurzgeschichten
ISBN 978-3-935597-61-6

Von nun an würden wir böse sein. Da die Bösen schließlich das Geld einsackten, würden wir es allen zeigen. Jagdhunde waren wir. Nachts lauerten wir an den Häuserecken den Reichen auf. Wollten sie uns ihre Brieftaschen nicht geben, nahmen wir eben ihre Blinddärme heraus. Und wurden wir erwischt, ritzten wir uns Arme und Beine oder zerschnitten uns die Gesichter, bevor die Bullen uns vermöbeln konnten.

Gönül Kıvılcım
»Klinge«
Ein Straßenkinderroman
ISBN 978-3-935597-64-7

Hakan Bıçakcı

wurde 1978 in İstanbul geboren und studierte Wirtschaftswissenschaften an der Bilkent Universität Ankara. Danach kehrte er nach Istanbul zurück und arbeitete in der Werbebranche. 2002 veröffentlichte er seinen Romanerstling »Romantische Furcht«. 2003 erschien der Roman »Traumtagebuch«, 2004 »Freizeit«, ein Jahr später der Erzählband »Ein Sommernachtsalptraum«. Insgesamt hat Bıçakcı fünfzehn Bücher publiziert. Daneben schreibt er Beiträge für Anthologien und Artikel über Literatur, Kino und Popkultur für Zeitungen und Zeitschriften. 2010 wurde er vom Journal »Newsweek« zu den zwanzig besten jungen türkischen Autoren gezählt. Mittlerweile gehört er zu den meistgelesenen Schriftstellern in der Türkei. Insbesondere bei einer jüngeren Leserschaft stößt seine schwarzhumorige Erzählweise, die Elemente der Gothic Novel und Horrorliteratur aufgreift, auf breite Resonanz. 2020 erhielt er den Cevdet-Kudret-Literaturpreis, der auf der Buchmesse İstanbul vergeben wird.